日本名詩選 1

［明　治・大　正　篇］

西原大輔

1882-1926

笠間書院

はしがき

この本は、日本の名詩に気軽に親しんでほしいという思いで編んだものです。この三冊がみなさまの机の近くに置かれ、折にふれて取りだされては、詩心の良き伴《はん》侶《りょ》となることを願ってやみません。心に響く作品を何度も読みかえし、記憶に残る言葉を口ずさんでいただければ幸いです。本書が、詩を読む楽しさを再発見するきっかけになれば、これにまさる喜びはありません。

『日本名詩選』全三巻は、明治・大正・昭和の代表的な詩二百二十二篇を取りあげています。バランス良く作品を選ぶために、これまで刊行されたアンソロジーや鑑賞本などをできるかぎり参照し、評価の定まった有名な詩のみを選択するように心がけました。この三冊の目次に目を通すと、ぜひ読みたいと思う作品が、必ずいくつも見つかることでしょう。かつて教科書で読んで感動した思い出深い詩と、再会することもできるに違いありません。

詩を味わう助けとして、それぞれの作品には鑑賞と注釈が添えてあります。鑑賞文を書くにあたっては、なぜその詩が優れているのかがはっきりとわかるよう、要点を押さえた的確な記述につとめました。注釈では、詩そのものをより深く理解するための情報を簡潔に提示しました。鑑賞や注釈は、簡明なものではありますが、これまで行われてきた研究を十分に踏まえて執筆しております。この意味で本書は、近現代詩研究の入門書としても活用していただけるものと思います。

今日、現代詩に関心をもつ人は、決して多くはありません。また、ほとんどの高名な詩人たちがすでに鬼籍《きせき》にある現在の状況は、必ずしも詩にとって幸せなものとは言えないでしょう。詩歌《しいか》に冷たい風の吹きすさぶこの時代にあって、私は近代日本に生きた詩人たちが紡《つむ》ぎだした魂の声に耳を傾け、その精華を本書に集大成することで、我が愛する日本に、一つの塔を打ち立てたいと心から願うものです。この三冊を通して、詩を愛する人が一人でも増えることを、私は切望してやみません。

詩の歴史を重視する立場から、作品は原則として詩集の刊行順に並べました。詩の本文は、特に断りのないかぎり、原本に依拠しております。明らかな誤植は訂正し、その旨を注に書き添えました。詩の旧仮名遣いはそのまま残し、漢字は新字に改めています。ルビは、出典や初出などを参照しつつ、著者の判断で慎重に加えました。

日本名詩選１（明治・大正篇）

目次

グレー氏墳上感懐《ふんじやうかんくわい》の詩　　矢田部良吉訳

山々かすみいりあひの　　鐘はなりつゝ野の牛は
徐《しづか》に歩み帰り行く　　耕へす人もうちつかれ
やうやく去りて余《われ》ひとり　　たそがれ時に残りけり
（以下略）

［出典］『新体詩抄』丸家善七、一八八二（明治十五）年八月。初出は『郵便報知新聞』一八八二年四月六・七日。初出題名「グレー」氏墳上懐旧の詩」。

＊グレー氏――トマス・グレイは、ケンブリッジ大学教授。歴史と近代語を担当した。グレイの「田舎の墓地で詠んだ挽歌」は、矢田部良吉が勤めていた開成学校（東京大学の前身）で、イギリス人教師ジェームズ・サマーズが試験問題として出題した詩だった。

＊墳上感懐――墓地での思い。漢詩漢文的な表現。この詩は、ウィンザー城北ストーク・ポウジズ村の教会がモデル。原詩は一七五一年発表。グレイはこの墓地に眠っている。

＊耕へす――「たがやす」の古語。「田返す」の意。「たそがれ」と頭韻を踏む。

＊新体詩抄――正式名称は『新体詩抄 初編』。不評のため、続編は出版されなかった。行や連を分けて書く『新体詩抄』の方式は、讃美歌や小学唱歌にならったものである。

イギリスの詩人トマス・グレイ（Thomas Gray、一七一六〜一七七一）の「田舎の墓地で詠《よ》んだ挽歌《ばんか》（Elegy Written in a Country Churchyard）」を翻訳した七五調の作品。

矢《や》田《た》部《べ》良吉《りようきち》はこの訳詩の前書きで、「西洋人ハ短キ詩歌ヲ好マザルニハ非《あらざ》レドモ亦《また》長篇ヲ尚《たふと》ビ」と述べ、和歌俳句では不可能なまとまった内容の表現を、この新体詩に託した。

全三十二連の長編翻訳詩は、詩人が墓地に立ち、地下に眠る人々に思いを馳《は》せる所から始まる。名誉も富も死とともに終焉《しゅうえん》を迎える。自分もまたいつか死ぬ運命にある。語り手は、自分の死後に一人の老人が生前の様子を語る姿を想像し、自らを悼《いた》む碑文を書き記す。「鐘」はもちろんキリスト教会のものだが、訳詩では「いりあひの鐘」という日本的抒情に翻案されている。また、原詩にはない「山々かすみ」という言葉が加わることによって、東洋的な印象がさらに強められた。原文のdarknessは、光に象徴される天国とは対極にある、愚かな現世のイメージと考えられるが、矢田部良吉の訳語「たそがれ時」は、詩を一層日本的なものにしている。また、原詩は各連四行だが、訳詩では一連六行である。

『新体詩抄』は、訳詩十四篇創作詩五篇の計十九篇を収録する。内容としては、新興国家日本の力を強化するための心構えを述べた作品が多い。その中で、感性に訴える「グレー氏墳上感懐《ふんじやうかんくわい》の詩」は、日本的抒情とあいまって、詩集中最も愛唱される一篇となった。

抜刀隊《ばつたう》

外山正一

我は官軍我敵《わが》は
敵の大将たる者は
之《これ》に従《したが》ふ兵《つはもの》は
鬼神《きじん》に恥ぬ勇あるも
起し、者は昔より
敵の亡ぶる夫迄《それまで》は
玉ちる剣《つるぎ》抜き連れて

天地容《い》れざる朝敵ぞ
古今無双《ここんむさう》の英雄で
共に慓悍《へうかん》決死の士
天の許さぬ叛逆を
栄えし例《ためし》あらざるぞ
進めや進め諸共《もろとも》に
死ぬる覚悟で進むべし

（以下略）

［出典］『新体詩抄』丸家善七、一八八二（明治十五）年八月。初出は『東洋学芸雑誌』第八号、一八八二年五月発行。
＊抜刀隊――詩集目次では「抜刀隊の詩」。
＊天地容れざる――この世に存在を許せない。
＊大将――西郷隆盛（一八二七～一八七七）。
＊古今無双の英雄――賊軍の首領西郷隆盛は、大衆から英雄として慕われた。「敵ながら天晴れ」という武士道の価値観が見られる。
＊慓悍――すばしこく荒々しいこと。
＊決死の士――福沢諭吉『世界国尽』（一八六九年）のアメリカ独立戦争に関する部分に、「一死決して七年の長き月日の攻守（せめまもり）」「頼む所は天地の理」「国のため失ふ生命（いのち）」「知勇義の名を千歳に流す」とある。「抜刀隊」と発想が共通する。
＊玉ちる剣抜き連れて――宝石が散るように刃がきらめく様子。「テニソン氏軽騎隊進撃ノ詩」に、「抜けば玉ちるやいばをば／皆もろ共に振あげて／きら〳〵と輝けり」とある。

抜刀隊《ばっとう》は、一八七七（明治十）年の西南戦争の官軍組織である。田原坂《たばるざか》での膠着《こうちゃく》した戦況を打開するため、百名ほどの斬《き》り込み部隊が急遽《きゅうきょ》編成された。最先端の近代兵器ではなく、日本刀を振りかざした男たちが世の評判になった点に、この戦いの特徴がある。

「抜刀隊」は全六連で構成されており、右はその第一連。『新体詩抄』収録の訳詩「テニソン氏軽騎隊進撃ノ詩」の影響を受けつつ創作された。死をも怖れず進撃する士族たちの勇気を支えているのは、藩主に対する忠義ではなく、天皇や国家への忠誠心である。

フランス人教師ルルー（Charles E.G. Leroux、一八五一〜一九二六）作曲の軍歌「抜刀隊」は、一八八五（明治十八）年七月、鹿鳴館で陸軍軍楽隊により披露された。曲には歌劇『カルメン』「アルカラの竜騎兵」の影響があるとする説がある。一八八六（明治十九）年の学校令発布以降、行進のための軍歌として、全国津々浦々の教育現場で歌われた。

『新体詩抄』は、新体詩という言葉を生み出したものの、拙劣な作品が多く不評だった。これが後に近代詩の嚆矢《こうし》とされたのは、「抜刀隊」の歌の普及、一八九六（明治二十九）年前後の新体詩流行、外山正一《とやままさかず》の自己宣伝による。「夫《そ》レ明治ノ歌ハ、明治ノ歌ナルベシ、古歌ナルベカラズ」という進化論的発想の文章も広く知られている。本詩集は、日露戦争勝利国日本への関心から、一九〇八年にアントニ・ランゲがポーランド語に翻訳した。

ミニヨンの歌

ゲーテ作

S．S．S．（新声社）訳

其一

レモンの木は花さきくらき林の中に
こがね色したる柑子《かうじ》は枝もたわゝにみのり
青く晴れし空よりしづやかに風吹き
ミルテの木はしづかにラウレルの木は高く
くもにそびえて立てる国をしるやかなたへ
君と共にゆかまし

其二

高きはしらの上にやすくすわれる屋根は

［出典］『国民之友』第五十八号、一八八九（明治二十二）年八月二日、夏期附録「藻塩草」所収「於母影」。森鷗外『水沫集』春陽堂、一八九二（明治二十五）年七月、に再録。

＊ミニヨン――Mignon。フランス語で「かわいい子」という意味。原音はミニョンだが、訳詩は慣習的にミニヨンと読まれている。

＊柑子――オレンジ。「こがね色したる柑子」と、コ音の韻を踏む。レモンの黄色、柑子のオレンジ色、空の青色、ラウレルの緑色などにより、南方の楽園の色彩美を表現している。

＊枝もたわゝにみのり――原詩「輝き」を意訳した。『徒然草』第十一段に、「柑子の木の枝もたわゝになりたるが」とある。「みのり」「吹き」「高く」と、行末の連用形が続く。

＊ミルテ――オーストリア原産の木。芳香を放ち、夏に白色の花を咲かせる。純潔を意味し、花嫁の飾りに用いられる。「ミルテ」は、ドイツ語音による片仮名表記。

＊ラウレル――月桂樹。栄光を表す。「レモン」と同様、英語音による表記。

＊くもにそびえて立てる――原詩では単に

そらたかくそはたちひろき間《ま》もせまき間《ま》も
皆ひかりかゝやきて人かたしたる石は
ゑみつゝおのれを見てあないとほしき子よと
なくさむるなつかしき家をしるやかなたへ
君と共にゆかまし

其三

立ちわたる霧のうちに驢馬は道をたづねて
いなゝきつゝさまよひひろきほらの中には
いと年経たる龍の所えがほにすまひ
岩より岩をつたひしら波のゆきかへる
かのなつかしき山の道をしるやかなたへ
君と共にゆかまし

「立つ」。「くも」「国」と、ク音で韻を踏む。
＊君――ヴィルヘルムのこと。原詩では「恋人よ」「庇護者よ」「父よ」とある。
＊ゆかまし――行けたら良いのに。「まし」は、現実に反する希望を述べる助動詞。
＊そらたかくそはたち――原詩に相当箇所はない。壮麗さを強調し、十十調を保つ意訳。「そはたち」は「そばだち」の濁点省略。
＊なくさむる――「なぐさむる」の濁点省略。
＊驢馬――原詩では「騾馬（らば）」。読者の親しみやすさに配慮した意訳。
＊いと年経たる――『水沫集』では「もゝ年経たる」と改稿された。
＊龍――アルプスにはドラゴンの伝説がある。
＊所えがほに――誇らしそうな顔をして。
＊於母影――十七篇の訳詩の総題。『万葉集』巻第三の笠女郎の和歌を典拠とする。西洋の詩の面影だけでも伝えたいという趣旨。

ゲーテ（一七四九〜一八三二）の教養小説『ヴィルヘルム・マイスターの修行時代』で、薄幸の少女ミニヨンが歌う恋の歌。ふるさとイタリアへの憧憬が語られている。豊かで美しい南国への憧れが、この詩の主眼である。小金井喜美子《こがねいきみこ》翻訳説と森鷗外《もりおうがい》翻訳説がある。

ミニヨンは老楽士の奏《かな》でる六弦琴《ろくげんきん》に合わせて、ドイツ人ヴィルヘルムとともに故郷イタリアへ行きたい、と歌う。地中海地方の明るい風景を述べた其《その》一を受けて、其二は光あふれる南欧風住宅を描写し、其三ではアルプスの山景が描かれる。原詩は一七八二年秋頃の作で、ゲーテの南の国への憧れは、後にイタリア旅行（一七八六〜八年）として結実した。

訳詩には、西洋事情に馴染《なじ》みの薄い日本人読者への配慮が見られる。大理石像を「人かたしたる石」、ホールや居間を「ひろき間《ま》もせまき間《ま》も」と、説明的に訳している。また、「枝もたわゝにみのり」「ゐみつゝ」「いなゝきつゝさまよひ」「岩より岩をつたひしら波のゆきかへる」など、原文から離れ、日本詩歌の伝統的表現を導入した。原詩は少女の激しい情熱の歌だが、日本語訳はむしろ格調高く優雅で、古典的美意識に支えられている。

「於母影《をもかげ》」の各訳詩は、「意句韻調」のいずれかに重点が置かれているが、「ミニヨンの歌」は句訳。訳者は、原詩の10 10 10 10 4 4 10というシラブル数を考慮し、ほぼ各行が10 10調という、珍しい散文的音数律を持っている。この詩は一種の実験的な新体詩でもあった。

花薔薇《はなさうび》

カール・ゲーロック作
S．S．S．（新声社）訳

わがうへにしもあらなくに
などかくおつるなみだぞも
ふみくだかれしはなさうび
よはなれのみのうきよかは

〔出典〕『国民之友』第五十八号、一八八九（明治二十二）年八月二日、夏期附録「藻塩草」所収「於母影」。森鷗外『水沫集』春陽堂、一八九二（明治二十五）年七月、に再録。
＊花薔薇――目次では「花さうひ」。蕾のバラ、枯れたバラ等に対する「花薔薇」。生命の循環を意識した訳題。詩の原文は、レクラム文庫のマクシミリアン・ベルン編『ゲーテ没後のドイツ抒情詩（Deutsche Lyrik seit Goethe's Tode）』に掲載されていた。なお森鷗外の演劇の翻訳に、レッシング「折薔薇」（一八八九年十月〜一八九二年六月）がある。
＊薔薇――近代日本文学におけるバラのイメージの嚆矢。西洋をイメージさせる花。バラが折られるという原詩の発想は、ゲーテ作詞・シューベルト作曲「野ばら」の影響。
＊など――なにゆえ。どうして。
＊ぞも――疑問を含む詠嘆。「など」と呼応。
＊なれ――お前。自分と同等以下の相手に使う。ここでは「はなさうび」を指す。

踏み潰《つぶ》されたバラに自己投影して、人生の辛《つら》さを嘆いた詩。七五調四行という整った響きの美しさから、広く愛唱された。柳田国男《やなぎたくにお》の兄井上通泰《いのうえみちやす》が翻訳したと推定されている。カール・ゲーロック（Karl Gerok、一八一五〜一八九〇）は、母国ドイツでは忘れられた宗教詩人。「花薔薇《はなさうび》」は、「塵の中のバラ（Die Rose im Staub）」全九連の最終連を訳したもの。捨てられたバラに向かって話しかける形式で、塵にまみれるのがお前の運命なのだとあって、この部分に至る。詩集『棕櫚《しゅろ》の葉（Palmblätter）』（一八五七年）には未載。

訳詩を現代語訳すると、「私の身の上に起きたことでもないのに／なぜこのように涙が落ちるのか／踏み砕《くだ》かれたバラの花よ／この世はお前だけに辛いわけではない」となる。翻訳方法は意訳（「従原作之意義者」）。森鷗外《もりおうがい》は所蔵するレクラム文庫に「Prostitution」（一七四頁）と書き入れている。見捨てられた売春婦の運命を原詩から読み取ったのである。

原詩と日本語訳を比較すると、「運命」「悲哀」といった硬い言葉が排除され、「なみだ」「うきよ」などの、情に訴える大和言葉が加えられている。また、文字を平仮名に統一し、各行の字数を揃《そろ》えることで、古風な美しさが強まった。平仮名は、はかなさ弱さといった内容を表現する上でも大きな効果を発揮している。なお、題名を「花薔薇」と敢《あ》えて漢字にしているところから、漢詩の絶句形式を意識していた可能性が考えられる。

山林に自由存《そん》す

国木田独歩

山林に自由存す
われ此《この》句を吟じて血のわくを覚《おぼ》ゆ
嗚呼《ああ》山林に自由存す
いかなればわれ山林をみすてし

あくかれて虚栄の途《みち》にのぼりしより
十年《ととせ》の月日塵のうちに過ぎぬ
ふりさけ見れば自由の里は
すでに雲山千里の外にある心地す
眥《まなじり》を決して天外を望めば

〔出典〕宮崎湖処子編『抒情詩』民友社、一八九七（明治三十）年四月。初出は『国民之友』第三三六号、一八九七年二月二十日。初出総題「独歩吟」、初出題名「自由の郷」。

＊山林――自然。山に重点がある。「虚栄」「塵」の俗世間とは正反対の位置にある。「欺かざるの記」に、「「山上に自由あり」の句（シルレル）実に我をして躍らしむ」とある。

＊自由――一八九三年七月二十五日付大久保余所五郎宛書簡に「エマルソン曰く詩人は自由なり故に自由を造る」とある。エマーソン等に啓発され、詩人・自由・自然が結合した。

＊血のわく――「欺かざるの記」に、「山林の自由を想ふ時に於て吾が血は昂る」とある。

＊虚栄の途――東京での成功を求める人生。「山林」の対極。「欺かざるの記」に、「此（こ）の都会虚栄の中心に繋がれて」とある。

＊十年――一八八七年三月に山口より上京。

＊塵のうちに――俗事に齷齪するうちに。

＊ふりさけ見れば――『古今和歌集』巻第九に、阿倍仲麻呂「天の原ふりさけ見れば春日なる三笠の山に出でし月かも」とある。

をちかたの高峰《たかね》の雪の朝日影
嗚呼山林に自由存す
われ此句を吟じて血のわくを覚ゆ

なつかしきわが故郷《ふるさと》は何処《いづこ》ぞや
彼処《かしこ》にわれは山林の児なりき
顧みれば千里江山
自由の郷《さと》は雲底に没せんとす

＊眥を決して――決意をして。
＊高峰の雪――イギリスの詩人ロバート・バーンズ（Robert Burns、一七五九～一七九六）の「わが心高原にあり（My Heart's in the Highlands）」に、「いざさらば雪を戴く高峯」とある。独歩は「星」（一八九六年）で、この一節に言及している。
＊故郷――独歩は銚子に生まれ、広島・岩国・山口で育った。その後実家は山口県の麻郷（おごう）村、柳井（やない）へと移った。
＊『抒情詩』「独歩吟」序に次のようにある。「人をして歌はざるを得ざる情熱に駆られて歌はしめよ。此（かく）の如くなれば、其（その）外形は散文らしく見ゆるも、瞑々の中必ず節あり、調あり、詠嘆ありて自から詩的発言を成し、而（しか）も七五の平板調の及び難き遒勁（しうけい）を得。余は此（この）確信によりて『山林に自由存す』を歌ひぬ」。

自然を理想化し、山林にこそ精神の自由があると宣言した詩。「武蔵野」を執筆した渋谷の家で作られた。独歩《どっぽ》はワーズワースに心酔しており、ロマン派的発想が顕著に見られる。

「山林に自由存《そん》す」は、田園生活を礼讃《らいさん》した陶淵明《とうえんめい》「帰去来辞《ききょらいのじ》」を連想させる。しかしその裏面には、失恋の苦悩が隠されていた。「欺《あざむ》かざるの記」一八九七年一月二十二日の項に、「あゝ、山林自由の生活、高き感情、質素の生活、自由の家。あゝこれ実にわが夢想なりしものを。われ自由をすてゝ恋愛を取りしものを、恋愛更に此《こ》の身を捨てたり。」とある。

一八九五（明治二十八）年から翌年にかけて、国木田独歩《くにきだどっぽ》は佐々城信子《さsaきのぶこ》との恋愛、結婚、離婚を経験した。有島武郎《ありしまたけお》『或《あ》る女』の題材となったこの一連の出来事で、独歩は精神的な傷を負い、武蔵野で心を癒《いや》していたのだった。痛恨の思いは、力強い漢文訓読体自由律の表現となって噴出した。「いかなればわれ山林をみすてし」には、深い後悔が表れている。

作品には、遠さに関連する語彙が多い。「ふりさけ見れば」「雲山千里の外」「天外」「をちかたの高峰《たかね》」「彼処《かしこ》」「千里江山」「雲底」。これらの言葉には、信子との幸福な生活が、既に遠い過去のものになってしまったという意識が反映している。詩人の挫折感は深い。

一八九七年四月頃、日光華厳《けごん》の滝を訪れた国木田独歩は、詩集『抒情詩』の校正刷を自分の分身として滝に投げ入れた（田山花袋《たやまかたい》『東京の三十年』「KとT」）。

潮音

島崎藤村

わきてながるゝ
やほじほの
そこにいざよふ
うみの琴
しらべもふかし
もゝかはの
よろづのなみを
よびあつめ
ときみちくれば
うらゝかに
とほくきこゆる
はるのしほのね

〔出典〕『若菜集』春陽堂、一八九七（明治三十）年八月。初出は『文学界』第五十号、一八九七年二月発行。初出総題「さわらび」。
＊わきてながるゝ――『聖書』「箴言」に、「湧きてながるゝ川智慧の泉なり」とある。
＊やほじほ――多くの潮流。賀茂真淵『万葉考』の、柿本人麿を評した言葉を踏まえる。
＊そこにいざよふ――海底に揺れ漂う。
＊琴――随筆「韻文に就（つい）て」「亡友反古帖」には、ギリシア神話の風神アイオロス（エオリヤン）の琴が登場する。この竪琴を樹や窓に懸けると、風が来て音を鳴らす。藤村は北村透谷「万物の声と詩人」を受け継ぎ、これらの文章で琴を文芸の象徴とした。
＊もゝかは――多くの川。漢語「百川（ひやくせん）」（『文選』「長歌行」）を大和言葉に置き換えた。和漢洋各文学の伝統という様々な川の流れが、藤村の「うみ」に流れ込み、琴を「うらゝかに」鳴らすのである。
＊とほく――遠く仙台名掛町の家まで聞えた。

仙台で聴いた海鳴り（「しほのね」）に触発され、新しい文学への志をうたい上げた作品。明治女学校の教え子佐藤輔子《さとうすけこ》への恋に悩んだ島崎藤村《しまざきとうそん》は、一八九六年に東北学院へ転じた。「琴」は、詩人が理想とする芸術の象徴である。「そこにいざよふ／うみの琴」とは、詩人が心の奥に秘めている新しい詩歌を意味する。「ときみちくれば」「とほくきこゆる／はるのしほのね」には、期が熟せば新たな詩の時代が到来するという、抱負と希望が託されている。「潮音」は単なる叙景ではなく、新時代の黎明《れいめい》を示唆する春の讃歌なのである。

海の琴という発想は、『古事記』下巻の歌謡及びシェリー（一七九二〜一八二二）の「西風の賦《ふ》（Ode to the West Wind）」にヒントを得たものだろう。藤村の詩「秋風の歌」も、「西風の賦」の影響下で創作されている。木曽《きそ》育ちの詩人には、海への強い憧れがあった。作品は、和歌の伝統を強く意識しており、平仮名で書かれている。「琴」が唯一漢字なのは、「こと」と表記した場合、「事」と紛らわしいからである。これにより、平仮名の「うみ」に「琴」という漢字一文字が漂っているかのような視覚的効果を上げている。平仮名の多用は、讃美歌の表記の影響とする説もある。

詩は、七五を五回反復し七七で終る、長歌に似た形式を持つ。語彙や韻律に和歌的発想が見られる一方、題名は「潮音」と漢語になっている。漢詩的な意識も作用したのだろう。

初恋

島崎藤村

まだあげ初《そ》めし前髪の
林檎《りんご》のもとに見えしとき
前にさしたる花櫛の
花ある君と思ひけり

やさしく白き手をのべて
林檎をわれにあたへしは
薄紅《うすくれなゐ》の秋の実に
人こひ初めしはじめなり

わがこゝろなきためいきの

〔出典〕『若菜集』春陽堂、一八九七（明治三十）年八月。初出は『文学界』第四十六号、一八九六（明治二十九）年十月発行。初出総題「一葉舟」の「こひぐさ」「其一　初恋」。
＊まだ――「まだ」「前髪」「見えし」「前に」と、マ行音が反復されている。
＊あげ初めし前髪――お下げ髪やおかっぱ頭の少女が、初めて「桃割れ」などに髪を結った。発想源として、樋口一葉「たけくらべ」、李白「長干行」、近松門左衛門「傾城壬生大念仏」が指摘されている。髪形の変化に言及しており、二人は幼馴染だったと考えられる。
＊林檎――アダムとイブの物語が想起される。『聖書』「雅歌」に、「わが愛する者の男子（をのこ）等の中にあるは林の樹の中に林檎のあるがごとし」「林檎の樹の下にてわれなんぢを喚（よび）さませり」とある。西域由来の樹下美人図も連想される。藤村の幼少時、馬籠に林檎は存在しなかった。「幼き日」における林檎畑の回想自体、後日の文学的虚構。
＊花櫛――花飾りが付いている櫛。櫛は島崎藤村の出身地木曽の名産品。「花櫛」「花あ

その髪の毛にかゝるとき
たのしき恋の盃を
君が情《なさけ》に酌みしかな

林檎畠《ばたけ》の樹《こ》の下《した》に
おのづからなる細道は
誰《た》が踏みそめしかたみぞと
問ひたまふこそこひしけれ

る」と「花」が繰り返されている。
＊君――馬籠の大脇ゆふがモデル。しかし藤村は満九歳で上京、「あげ初めし」と不整合。
＊薄紅――「薄」が初恋のほのかさに通じる。真っ赤な完熟リンゴではなく、熟しはじめたばかりの、淡いピンク色の果実。「白き手」と、色彩の対照がある。
＊初めしはじめ――「初めし」「はじめ」と、初恋であることが重複して述べられている。
＊こゝろなきためいき――陶酔して思わず漏らす、官能の嘆息。
＊たのしき恋の盃――恋が成就した喜び。
＊樹――『若菜集』では、「こ」とルビをふっている。
＊おのづからなる細道――自然に出来た小道。『史記』に、「桃李言（ものい）ハザレドモ下自（おのづか）ラ蹊ヲ成ス」とある。『伊勢物語』第五段との類似を指摘する意見もある。
＊問ひたまふ――『若菜集』では「たまう」と誤植。

初恋の初々しさや性の目覚めをうたった七五調の作品。「あげ初《そ》めし」「こひ初めし」「踏みそめし」と、三回反復される「初めし」が、思春期の恋愛の新鮮さを物語っている。『破戒《はかい》』及び「幼き日」では、信州での初恋の思い出が語られている。しかし、この詩の創作時期を考えると、念頭にあったのは、むしろ佐藤輔子《さとうすけこ》との悲恋の記憶だったに違いない。明治女学校の教え子とのかなわぬ恋の形見が、この「初恋」である。

初出でこの作品は、「こひぐさ 其《その》一」に位置付けられている。其一の「初恋」から其九へと進むにつれ、恋は様々な方向に進展する。「初恋」においては、第一連の純心な思いがしだいに官能へと向かってゆく。第三連で、「われ」と「君」の距離は接近し、男の「こゝろなき」陶酔の「ためいき」が、少女のかぐわしい「髪の毛にかゝる」程である。

後に『早春』に収めるにあたり、第三連が削除され、「こひしけれ」が「うれしけれ」に改められた。性的要素を排除するためだろう。この改稿には賛否両論がある。賛成派は、初恋と肉欲の不調和を指摘するが、初恋にも官能性は秘められている。初出を支持したい。

第四連「誰《た》が踏みそめしかたみぞ」というのは、踏み固められた道が出来たのは少年が「林檎畠《りんごばたけ》」に通いつめた結果だと知りながら、少女がかまととをかけているのである。現実描写ではなく、一種の表現効果を狙ったものであろう。「かたみ」はここでは痕跡の意。

星落秋風五丈原《ほしおつしうふうごちやうげん》

土井晩翠

祁山《きざん》悲秋の風更けて
陣運暗し五丈原
零露《れいろ》の文《あや》は繁《しげ》くして
草枯れ馬は肥ゆれども
蜀軍の旗《はた》光無く
鼓角《こかく》の音も今しづか。

＊＊＊＊＊

丞相《じようしやう》病《やまひ》篤《あつ》かりき。

（以下略）

［出典］『天地有情』博文館、一八九九（明治三十二）年四月。初出は『帝国文学』第四巻第十一号、一八九八（明治三十一）年十一月発行。

＊星落秋風五丈原――『三国志演義』第三十八回の詩に「星落秋風五丈原」とある。また『通俗三国志』巻之四十三第五節の題に「孔明秋風五丈原」とある。「五丈原」は陝西省の地名。西安の西方約百三十キロ。諸葛孔明はここで亡くなった。

＊祁山――甘粛省南端の山。諸葛孔明が六度にわたって魏と戦った場所。

＊零露の文――したたり落ちる露の模様。

＊馬は肥ゆれども――秋の描写の慣用句「天高く馬肥ゆ」を踏まえる。

＊旗光無く――劣勢で旗色が悪い。白居易「長恨歌」に、「旌旗光無ク日色薄シ」とある。

＊鼓角――合図に鳴らす太鼓と角笛。「蜀軍の旗光無く」の視覚的形象に対する聴覚表現。

＊丞相――宰相。出典では「亟相」と誤植。

三国志の英雄諸葛孔明《しょかつこうめい》（一八一〜二三四）を題材にした漢文調の史詩。全六章三四九行に及ぶ一大叙事詩である。作品各所に国士風の精神が歌われ、男性的で雄壮な趣きがある。第一章では、「丞相《じょうしゃう》」たる孔明が陣中で重篤《じゅうとく》な病気にかかり、蜀《しょく》の命運が傾きかけている様子が述べられている。第二章は一転して過去にさかのぼる。諸葛孔明は蜀主劉備《しょくしゅりゅうび》のいわゆる三顧《さんこ》の礼に応じ、宰相《さいしょう》となって忠誠を尽くした。語り手は続く第三章で各地を転戦した孔明の功績を讃《たた》え、第四章において五丈原での司馬懿《しばい》率いる魏《ぎ》軍との決戦へと戻る。そして第五章第六章で軍営の苦節を描写、末尾でこの人物を礼讃《らいさん》するのであった。

題名の「星落《ほしおつ》」は、英雄の死を意味する。諸葛亮が没した時、赤い星が蜀軍の陣営に落ちたとされている。詩には「荒城の月」とも共通する栄枯盛衰の嘆きがみられ、壮士風の志が表明されているのも、明治という時代の反映であろう。作品の内容は、主に『三国志演義』に依拠しているが、『十八史略』『通俗三国志』などが参照された可能性もある。

一方、欧米諸語に堪能《たんのう》な晩翠《ばんすい》の「星落秋風五丈原《ほしおつしうふうごぢやうげん》」には、西洋の詩の影響も見られる。第一章各連末で計七回繰り返される「丞相病篤《やまひあつ》かりき」は、ロセッティ（Dante Gabriel Rossetti、一八二八〜一八八二）の詩「シスター・ヘレン（Sister Helen）」の「O Mother, Mary Mother,（中略）between Hell and Heaven」の反復に想を得たという指摘がある。

荒城《の》月

土井晩翠

第一章

春高楼《はるかうろう》の花の宴《えん》　めぐる盃かげさして
千代の松が枝《え》わけいでし　むかしの光いまいづこ

第二章

秋陣営《あきぢんえい》の霜の色　鳴きゆく雁《かり》の数《かず》見せて
植うるつるぎに照りそひし　むかしの光いまいづこ

第三章

いま荒城のよはの月　替《かは》らぬ光たがためぞ
垣に残るはたゞかつら　松に歌ふはたゞあらし

〔出典〕『中学唱歌』東京音楽学校、一九〇一（明治三十四）年三月。『晩翠詩抄』岩波文庫、一九三〇（昭和五）年六月、に再録。

＊荒城――晩翠は「「荒城の月」のころ」で、会津若松落城の際、山本八重子（新島襄夫人）が詠んだ和歌「明日よりはいづくの誰か眺むらん馴れし大城に残る月影」に言及。

＊高楼――城の高い建物。漢詩的な表現。

＊花の宴――桜とは断定できない。平安の三代集で、「花の宴」は梅・桜・藤と結び付く。

＊めぐる盃――酒杯のまわし飲み。「盃」は「月」との掛詞。月も盃も「めぐる」もの、月「かげ」も酒も「さす」もの。和歌的表現。第一・二章に「月」という言葉は出ていない。

＊かげさして――「かげ」は月の光。盃の中の酒に月が映っている様を言ったもの。

＊千代の松――常緑樹の松は永遠を表す。松は徳川家の象徴でもあった。

＊わけいでし――枝越しに月が見える様子。

＊むかしの光――「於母影」所収、シェッフェル「笛の音」「別後の巻」に、「昔のうたは今いづこ」「むかしの声は今いづこ」とある。

第四章

天上影《かげ》は替らねど　栄枯は移る世の姿
写さんとてか今もなほ　嗚呼《ああ》荒城のよはの月

＊秋陣営の霜――霜は比喩。月光を霜に見立てた。晩翠が幼少時に親しんだ頼山陽『日本外史』巻之十一に、上杉謙信の漢詩（「九月十三夜」）として、「霜は軍営に満ちて秋気清し。数行（すうかう）の過雁月三更」とある。
＊数見せて――月を横切る雁がシルエットとなり、はっきりと見える様。『古今和歌集』巻第四に、よみ人知らず「白雲に羽うちかはし飛ぶ雁の数さへ見ゆる秋の夜の月」とある。
＊植うるつるぎ――刀を地に突き刺す説、逆さまに立てる説などがある。古今内外様々な典拠が指摘され、諸説芬芬として定説はない。伊良子清白の詩「初陣」に類似表現がある。
＊垣に残るは――以下の二行の対句について、晩翠は回想記「「荒城の月」のころ」で、青葉城「の実況である」と述べている。
＊かつら――「かづら」の濁音省略。蔓草。
＊松に歌ふ――「あらし」を擬人化した表現。

一八九八（明治三十一）年に、東京音楽学校の求めに応じて作られた作品。作曲は滝廉太郎《たきれんたろう》（一八七九～一九〇三）。晩翠《ばんすい》は、故郷仙台青葉城、及び学生時代に訪れた会津若松鶴ケ城《つるがじょう》の印象に基づいて作詞、一方滝廉太郎は、大分県の城下町竹田《たけだ》の出身だった。

明治維新後、各地の城は薩摩・長州を中心とする新政府に明け渡され、しだいに荒廃していった。既得権益を失い、禄《ろく》を離れた武士の中には、落魄《らくはく》した者も少なくない。凋落《ちょうらく》した「荒城」の姿は、没落士族の運命とも重なる。そのため詩では、二つの「光」が対照的に描かれている。一つは失われた栄光「むかしの光」であり、もう一つが、世の栄枯盛衰を照らす「よはの月」の「替《かは》らぬ光」である。恋愛の要素はなく、男性的作風と言えよう。

全四連は起承転結の構造を持つ。第一連が平時の春、第二連は戦時の秋を歌う。第三連で過去から現在に転じ、第四連が全体をまとめている。天地・春秋・今昔・和戦の明確な対照があり、漢語や体言止めの多用が力強さを生んでいる。酒盃《しゅはい》に映る月、松の枝越しの月、月前を横切る雁など、絵画的要素に満ちており、視覚的にも親しみやすい作品である。

典拠としては、杜甫《とほ》「春望《しゅんぼう》」「登楼《とうろう》」、李白《りはく》「蘇台覧古《そだいらんこ》」等の漢詩のほか、『伊勢物語』「月やあらぬ」の和歌、松尾芭蕉《まつおばしょう》『おくのほそ道』平泉《ひらいずみ》の箇所などが挙げられている。また、バイロン「マンフレッド」やシラー等、西洋文学の影響も指摘されている。

人を恋ふる歌

（三十年八月京城《けいじやう》に於て作る）

与謝野鉄幹

妻をめどらば才たけて
顔《みめ》うるはしくなさけある
友をえらばば書を読んで
六分の俠気《けふき》四分《しぶ》の熱

恋のいのちをたづぬれば
名を惜むかなをとこゆゑ
友のなさけをたづぬれば
義のあるところ火をも踏む

〔出典〕『鉄幹子』矢島誠進堂、一九〇一（明治三十四）年三月。初出は『伽羅文庫』第一巻第二号、一八九九（明治三十二）年十二月発行。初出題名「友を恋ふる歌」。『国文学』第十二号、一八九九年十二月発行、及び『よしあし草』第二十三号、一九〇〇（明治三十三）年二月発行、及び栗島山之助編『紫紅集』盛文堂他、一九〇〇年十月、に再録。

＊京城――ソウル。朝鮮王朝時代の首都に公式地名はなく、様々な名称で呼ばれていた。なお、鉄幹作品の注記には虚構や粉飾が多く、「三十年八月京城に於て」作られた可能性は低い。一八九九年末の作という説がある。

＊妻――浅田信子（さだこ）または林滝野。

＊めどらば――「めとらば」の誤植か。

＊顔――慣習的に「みめ」と読む。

＊六分――「ろくぶ」または「りくぶ」。

＊名を惜む――恋のために名を汚したくない。

＊うたひめ――『東西南北』に漢詩「官妓白梅を悼む」、妓女翡翠については、『紫』に「もろともに往（い）なんと云ふを心ならずおきて我がこし韓（から）の妓翡翠」とある。

くめやうま酒うたひめに
をとめの知らぬ意気地《いきぢ》あり
簿記の筆とるわかものに
まことのをのこ君を見る

あゝわれコレッヂの奇才なく
バイロン、ハイネの熱なきも
石をいだきて野にうたふ
芭蕉のさびをよろこばず
（以下略）

＊をとめ――清純な令嬢。客に媚を売る「うたひめ」と対比されている。
＊君――生涯の友であった毛布問屋小林天眠（一八七七〜一九五六）。鮎貝槐園説もある。
＊コレッヂ――サミュエル・コールリッジ（Samuel Taylor Coleridge、一七七二〜一八三四）。イギリスロマン派の詩人。血の気が多く、ユートピア村を建設する計画に熱中。
＊奇才――コールリッジは、アヘンを常用するなど、気まぐれで放埒な行動が見られた。
＊バイロン――ジョージ・バイロン（George Gordon Byron、一七八八〜一八二四）。イギリス・ロマン派の熱血詩人。一八二三年、ギリシア独立軍に身を投じ、翌年戦病死。
＊ハイネ――ハインリヒ・ハイネ（Heinrich Heine、一七九七〜一八五六）。ドイツ・ロマン派の愛国的革命詩人。フランス七月革命の報を聞き、一八三一年にパリに移住した。

「虎の鉄幹《てっかん》」による、壮士《そうし》的な悲憤慷慨《ひふんこうがい》の愛国詩。一八九七（明治三十）年夏から年末にかけて、朝鮮で政治工作に励んでいた頃を背景とする。全十六連のうち四連を掲げた。

「人を恋ふる歌」の舞台となっているのは、日清戦争後の朝鮮半島をめぐる、日本とロシアの主導権争いである。与謝野鉄幹《よさのてっかん》は、朝鮮国内の親日派を援助することで、親露派に対抗しようとしていた。その二年程前の閔妃《びんひ》暗殺事件（一八九五年）で、鉄幹は過激分子として日本政府に睨《にら》まれ、一旦内地に送還されたが、みたび京城《けいじょう》に滞在していた。

いわゆる「虎剣調《こけんちょう》」のこの作品では、個人の人生の理想が、国家の命運と完全に一体化している。第一連第二連は、語り手の恋愛と友情に関する信念を述べたものである。第三連の「うたひめ」は、朝鮮で出会った官妓《かんぎ》白梅や妓女《ぎじょ》翡翠らを念頭に置いている。

一方第四連は、文学政治両面の名誉を求める熱い思いを表現する。コールリッジは理想社会の建設を目指し、バイロンはギリシア独立戦争に参加、ハイネは七月革命に刺激された。その対極が、厭世《えんせい》的俳諧師松尾芭蕉《まつおばしょう》である。第五連以下で語り手は、頼りの親日派がしだいに不利になっていることを嘆きつつ、日本の勢力の再起を強く願うのであった。

詩には、天下国家の経綸《けいりん》に参与したいという情熱が如実に表れている。立身出世を夢みた明治の青年に強く支持された所以《ゆえん》である。特に、第一連の名文句は広く人口に膾炙《かいしゃ》した。

小諸《こもろ》なる古城のほとり

島崎藤村

小諸なる古城のほとり
雲白く遊子《いうし》悲しむ
緑なす蘩蔞《はこべ》は萌えず
若草も藉《し》くによしなし
しろがねの衾《ふすま》の岡辺《おかべ》
日に溶けて淡雪《あはゆき》流る

あたゝかき光はあれど
野に満つる香《かほり》も知らず
浅くのみ春は霞みて
麦の色はづかに青し

〔出典〕『落梅集』春陽堂、一九〇一（明治三十四）年八月。初出は『明星』第一号、一九〇〇（明治三十三）年四月発行。初出題名「旅情」。『藤村詩抄』岩波文庫、一九二七（昭和二）年七月、で「千曲川旅情の歌 一」と改題。

＊小諸なる古城のほとり――小諸藩牧野氏一万五千石の城址。現在は懐古園という公園。一・二行目にはオ音が十回現れ、K音の頭韻「小諸」「古城」「雲」「悲しむ」が見られる。

＊古城――杜甫「春望」を踏まえる。初出ルビ「ふるき」は校正者伊良子清白の判断。

＊蘩蔞――春の七草の一つ。春に小さな白い花を咲かせる。作中の草は、若い命の象徴。

＊藉くによしなし――腰を下ろせるほど生えてはいない。シ音の反復が見られる。

＊しろがねの衾――銀の掛け布団。丘が雪に覆われた様子。服部嵐雪（一六五四～一七〇七）に「ふとん着て寝たる姿や東山」がある。

＊はづかに――藤村の誤用。初出も同様に誤る。本来は「はつかに」または「わづかに」。

＊旅人の群――薬や海産物などを売る行商人。

旅人の群《むれ》はいくつか
畠中《はたなか》の道を急ぎぬ

暮れ行けば浅間《あさま》も見えず
歌哀《かな》し佐久《さく》の草笛
千曲《ちくま》川いざよふ波の
岸近き宿にのぼりつ
濁り酒濁れる飲みて
草枕しばし慰む

商用の旅行者は「遊子」とは言えない。
＊急ぎぬ――目的地へと急ぐ行商人の活動的な姿は、人生に悩む「遊子」と好対照をなす。
＊浅間――活火山。小諸の北東方向。火山の生命力が、逆に遊子の悲哀を強める。
＊佐久の草笛――唐の故事の翻案。『落梅集』序に「落梅は胡笳（こか）の歌にして羌笛（きやうてき）の韻なり」とある。西域の楽器胡笳は草笛のようなもの。羌笛は竹笛。岑参（しんじん）の「胡笳ノ歌 顔真卿ノ使ヒシテ河隴ニ赴クヲ送ル」に、「君聞カズヤ胡笳ノ声最モ悲シキヲ」とある。「落梅」即ち「佐久の草笛」であり、佐久を大陸の辺境になぞらえた。
＊いざよふ波――たゆたう波。語り手の心理の反映でもある。『万葉集』巻第三に、柿本人麿「もののふの八十氏（やそうぢ）河の網代木にいさよふ波の行く方知らずも」とある。
＊宿――中棚鉱泉。当時の小諸に濁酒はなかったとする考証がある（『日本近代文学大系』）。

人生を旅になぞらえ、佐久《さく》地方の自然に託して旅愁をうたった五七調の作品。島崎藤村《しまざきとうそん》は、小諸《こもろ》義塾へ赴任中の自分を、愁《うれ》いに満ちた教養ある漂泊者「遊子《いうし》」と規定している。詩には、否定形が極めて多い。「緑なす蘩蔞《はこべ》」「若草」「野に満つる香《かほり》」「浅間《あさま》」などの好ましいものは、「萌えず」「よしなし」「知らず」「見えず」と、直ちに打ち消されてしまい、詩人の思いが晴れることはない。「濁り酒濁れる」も、語り手の沈んだ気持ちと響き合う。

様々な典拠を利用している点も、この詩の特徴と言える。「雲白く遊子悲しむ」は、李《り》白《はく》「送友人」の「浮雲《ふうん》遊子ノ意」の反映である。「若草も藉《し》くによしなし」は、松尾芭蕉《まつおばしょう》『おくのほそ道』平泉《ひらいずみ》の「城春にして草青みたりと、笠打敷《かさうちしき》て」を踏まえる。また、「旅人の群」「あたゝかき光」は、上田敏《うえだびん》訳「大野のたびね」（ゴーゴリの小説「タラス・ブーリバ」の一節）の「高き草はこの旅人の群をおほひて」「野辺に温き光はみてり」に依拠している。

島崎藤村は、これら偉大な和漢洋の文学的伝統に列なる文人として、信州の風景に対している。そのためにも、自らを「草枕」の旅人に擬する必要があった。わびしい「濁り酒」には、陶淵明《とうえんめい》「己酉歳《つちのととりのとし》九月九日」の「濁酒且《しばら》ク自《みづか》ラ陶《たのし》ム」や、大伴旅人《おおとものたびと》の「験《しるし》なき物を思はずは一坏《ひとつき》の濁れる酒を飲むべくあるらし」（『万葉集』巻第三）が下敷きにされている。藤村はこの『落梅《らくばい》集』を以《もっ》て詩作の筆を折り、小説に活躍の場を移して行った。

椰子《やし》の実

島崎藤村

名も知らぬ遠き島より
流れ寄る椰子の実一つ

故郷《ふるさと》の岸を離れて
汝《なれ》はそも波に幾月《いくつき》

旧《もと》の樹《き》は生《お》ひや茂れる
枝はなほ影をやなせる

われもまた渚を枕
孤身《ひとりみ》の浮寝の旅ぞ

〔出典〕『落梅集』春陽堂、一九〇一（明治三十四）年八月。初出は『新小説』第五年第八巻、一九〇〇（明治三十三）年六月発行。初出総題「海草」の「其二 椰子の実」。
＊椰子――一九三三年六月二十四日付長谷川誠一宛書簡には、「日清戦争に従軍せし人の携へ帰りし椰子椀などよりヒントを得て作り試みた」とある。創作の経緯を韜晦した説明。
＊名も知らぬ――「流れ寄る」「汝（なれ）は」と共にナ音の頭韻をなす。
＊故郷――椰子の実の故郷である南の島。
＊汝――椰子の実を擬人化して呼びかけた。
＊旧の樹――両親を暗示する。
＊枝――兄弟を暗示する。椰子に枝はない。
＊われもまた――語り手は、「椰子の実」を自分の分身と感じている。
＊渚を枕――旅を意味する伝統的表現「草枕」や「波枕」の類縁。
＊浮寝――「憂き」との掛詞。
＊胸にあつれば――「於母影」所収のハイネ「あまをとめ」に、「わが胸に／ながかしら頭（かしら）をばおしあてよ」とある。

実をとりて胸にあつれば
新《あらた》なり流離の憂《うれひ》

海の日の沈むを見れば
激《たぎ》り落つ異郷の涙

思ひやる八重の汐々《しほじほ》
いづれの日にか国に帰らん

＊流離の憂——郷里を離れて漂泊する者の思い。藤村は詩「小諸なる古城のほとり」でも、漂泊者の憂いを詠じている。

＊激り落つ——涙があふれ出る様子。

＊八重の汐々——藤村の詩「潮音」に「やほじほ」（八百潮）とあり、発想が類似する。

＊いづれの日にか国に帰らん——杜甫「絶句二首其二」に、「今春看（みすみす）又過グ、何（いづ）レノ日カ是レ帰年ナラン」とあり、『文選』「長歌行」に、「百川（ひやくせん）東シテ海ニ到ラバ、何（いづ）レノ時カ復（ま）タ西ニ帰ラン」とある。

＊ヴェールマン「思郷」の訓読は以下の通り。「郷ヲ離レテ遠ク椰樹（やじゆ）ノ国ニ寓ス／独リ潮声ノ窮北（きゆうほく）ニ似タル有リ／思郷ノ念或ヒハ熾（さか）ンナレバ／即チ走ル海ノ浜ニ／此（こ）ノ耳ニ熟セル響キヲ聴ケバ／鬱懐少シク伸ブルヲ得（う）」。

伊良湖岬《いらござき》に椰子《やし》の実が流れついていた話を、田山花袋《たやまかたい》や柳田国男《やなぎたくにお》から聞いて作った作品。藤村《とうそん》に口止めを依頼された経緯が、柳田の随筆「藤村の詩「椰子の実」」で語られている。柳田国男は一八九八年夏に渥美《あつみ》半島を訪れ、後に花袋も合流した。この体験をきっかけとして、後年『海上の道』（一九六一年）を著している。花袋の詩「村の白壁」（一九〇〇年）にも、「星光る海路の果てに／椰子の実の故郷を思ひ」とある。椰子の実漂着の逸話《いつわ》は、木曽《きそ》山中で育った島崎藤村《しまざきとうそん》の海への強い憧れを喚起し、詩人本来の漂泊感情をも刺激した。

「椰子の実」に関しては、「於母影《をもかげ》」所収、カール・ヴェールマンの詩の漢文訳「思郷」の影響が指摘されている。「離郷遠寓椰樹国／独有潮声似窮北／思郷念或熾／即走海之浜／聴此熱耳響／鬱懐得少伸」。これは、ジャワ島などの熱帯地方を訪れた詩人が、波の音を聞きつつ北国ドイツを懐《なつ》かしむ内容で、藤村の詩とは南北の関係が逆転している。

日本に漂着した椰子の実は、南島に戻ることはない。従って、「いづれの日にか国に帰らん」という感慨は、「われ」が決して故郷に帰れないことを暗示する。『落梅集《らくばいしゅう》』以降、藤村は詩作の筆を折った。そのため、この作品を詩歌創作への別れの歌とする解釈もある。

曲が付けられたのは、遥《はる》か三十数年後の一九三六（昭和十一）年のことである。南進論の高まりの中、NHK国民歌謡として制作された。作曲は大中寅二《おおなかとらじ》（一八九六～一九八二）。

君死にたまふことなかれ　与謝野晶子

旅順口《りよじゆんこう》包囲軍の中に在《あ》る弟を歎きて

あゝをとうとよ、君を泣く、
君死にたまふことなかれ、
末に生れし君なれば
親のなさけはまさりしも、
親は刃《やいば》をにぎらせて
人を殺せとをしへしや、
人を殺して死ねよとて
二十四までをそだてしや。

堺《さかひ》の街のあきびとの

［出典］『恋衣』本郷書院、一九〇五（明治三十八）年一月。初出は『明星』辰歳第九号、一九〇四（明治三十七）年九月発行。初出題名「君死にたまふこと勿れ」。『晶子詩篇全集』実業之日本社、一九二九（昭和四）年一月、に再録。

＊旅順口包囲軍――乃木希典（まれすけ）の第三軍。第一回旅順攻撃は、一九〇四年八月。弟宗七は第二軍所属で、この作戦には不参加。

＊弟――鳳籌三郎（ほうちゅうざぶろう）。当時既に襲名し、第三代鳳宗七となっていた。

＊君を泣く――晶子は与謝野鉄幹との恋に走り、一九〇一（明治三十四）年六月に家を捨てて上京した。一人で家業を守らざるを得なくなった弟に対し、深い自責の念があった。

＊末に生れし――長女輝、次女花、長男秀太郎、次男玉三郎（夭折）、三女晶子、三男籌三郎、四女里。長女次女は異母姉。籌三郎は、男兄弟の中での末子。男尊女卑の発想がある。

＊人を殺せと――与謝野鉄幹の詩「血写歌」（『鉄幹子』一九〇一年）に、「人を殺せよと／えせ聖人のをしへかな」とある。また、内

旧家をほこるあるじにて
親の名を継ぐ君なれば、
君死にたまふことなかれ、
旅順の城はほろぶとも、
ほろびずとても、何事ぞ、
君は知らじな、あきびとの
家のおきてに無かりけり。

君死にたまふことなかれ、
すめらみことは、戦ひに
おほみづからは出でまさね、
かたみに人の血を流し、
獣《けもの》の道に死ねよとは、
死ぬるを人のほまれとは、
大みこゝろの深ければ

田魯庵の「兵器を焚きて非戦を宣言したる露国の宗教」に、「人を殺せと教ゆる勅命を焉（いづくん）ぞ奉ずるを得べき」（『太陽』一九〇四年六月）とある。さらに、中里介山の詩「乱調激韵」（『平民新聞』一九〇四年八月七日）に、「人、人を殺すべきの義務ありや。／人、人を殺さしむるの権威ありや。／あゝ言ふこと勿れ、」とある。

＊二十四——当時弟宗七は満二十四歳。

＊堺——商業で栄えた町人の町。晶子は商人的環境で育ち、武士的価値観とは無縁だった。

＊あきびと——江戸時代、政治は武士の独占物であり、商人は天下国家の運営に参加する権利も責任もないと考えられていた。

＊旧家——実家は、老舗の菓子商駿河屋。

＊旅順の城はほろぶとも——幸徳秋水・堺枯川（こせん）訳「トルストイ翁の日露戦争論」に、「我（わが）生活の事業なる者は、旅順口に対する清人、日本人若くは露国人の権利の承認と何の交渉あらざる也」（『平民新聞』一九〇四年八月七日）とある。

＊すめらみこと——ここでは明治天皇。

もとよりいかで思《おぼ》されむ。

あゝをとうとよ、戦ひに
君死にたまふことなかれ、
すぎにし秋を父ぎみに
おくれたまへる母ぎみは、
なげきの中に、いたましく
わが子を召され、家を守《も》り、
安しと聞ける大御代《おほみよ》も
母のしら髪《が》はまさりぬる。

暖簾《のれん》のかげに伏して泣く
あえかにわかき新妻《にひづま》を、
君わするるや、思へるや、
十月《とつき》も添はでわかれたる

＊おほみづからは――「トルストイ翁の日露戦争論」は「〇〇皇帝」らに対し、「汝等自ら彼（か）の砲弾銃弾の下に立てよ」と述べている。
＊獣の道に――「トルストイ翁の日露戦争論」に、「互ひに残害殺戮を逞（たくま）しくせんが為めに、陸に海に野獣の如く相逐ひつゝあり」とある。
＊大みこゝろ――天皇の慈愛を強調し、その権威を利用して時勢を批判する手法。天皇崇敬を大前提とする。批判が認められるかどうかは、ひとえに「天意」の解釈次第である。
＊父ぎみ――晶子の父二代目鳳宗七（一八四七年生）は、一九〇三年九月に亡くなった。
＊母ぎみ――二代目宗七の後妻鳳つね（一八五一〜一九〇七）。病気がちだった。
＊暖簾――町人の商売の象徴。
＊あえか――か弱いこと。
＊新妻――籌三郎は一九〇三（明治三十六）年八月、せいと結婚した。
＊十月――結婚後十か月目は、一九〇四年六月にあたる。宗七は同年五月頃出征した。

少女《をとめ》ごころを思ひみよ、
この世ひとりの君ならで
あゝまた誰をたのむべき、
君死にたまふことなかれ。

＊誰をたのむべき――弟の結婚、父の死去、兄との不和、母の病気、弟の出征、第二子出産と、当時の晶子には不安な事が多かった。
＊君死にたまふことなかれ――この詩を批判した小説に、広津柳浪「昇降場（プラットフォーム）」（一九〇五年）がある。「お前さんが戦死（うちじに）さツしやツても、日本中の人の為だ思つて、私諦めるだからね」と言う純朴な女「鶴」に対し、晶子をモデルとする「可怖（こはい）眼を為（し）た女」は、「兄さん、何様（どんな）事があつたツて、死んぢやいやですよ。お国には」と言う。主人公はこの女を、「日本の人か知ら、他国の人ぢやないかと思ひました」と酷評している。

日露戦争従軍中の弟の無事を祈った詩。弟を軍隊に取られた与謝野晶子《よさのあきこ》は、天皇を非難する。さらには、国がどうなろうと自分の知ったことではないという、無責任な町人思想を披瀝《ひれき》し、近代的国民国家理念を否定した。その結果、激しい批判を浴びることとなった。「君死にたまふことなかれ」と呼びかける理由として、弟が「旧家をほこるあるじ」であることを晶子は挙げている。名家の跡取りだからという論理には、貧しい家庭出身の兵隊に対する無意識の蔑視がある。また、「旅順《りよじゆん》の城はほろぶとも、／ほろびずとても、何事ぞ」は、戦死者の遺族の神経を逆撫《さかな》でする言葉である。詩人は信念から反戦を唱えたのではなく、家族が兵隊に取られたから、利己的に戦争に反対しているだけなのである。

詩には、自分の「家」さえ幸せなら天下国家はどうでも良いという、江戸時代以来の町人根性が明確に現れている。「あきびとの家のおきて」という言葉が、商人の町堺《さかい》出身のこの女性の価値観を表している。「国は亡びてもよし、商人は戦ふべき義務なしと言ふは、余りに大胆すぐる言葉也」という大町桂月《おおまちけいげつ》の批判に、先入観なく耳を傾ける必要があろう。

実際晶子は批判に答える「ひらきぶみ」で、亡父ほど「天子様を思」っていた者はなかったと、天皇への忠誠心を強調している。国家権力の前では案外卑屈なのも、町人根性の特徴だ。詩人に体制を攻撃する意図は毛頭なく、批判されることすら予想していなかった。

落葉《らくえふ》

ポール・ヴェルレーヌ作
上田敏訳

秋の日の
ギ《ヴィ》オロンの
ためいきの
身にしみて
したぶるに
うら悲し。
鐘のおとに
胸ふたぎ
色かへて

［出典］『海潮音』本郷書院、一九〇五（明治三十八）年十月。初出は『明星』巳歳第六号、一九〇五年六月発行。初出総題「象徴詩」。

＊秋の日の——原詩「秋の（De l'automne）」。五音にするため「日の」を加えた。

＊ギオロン——ヴァイオリン。原詩は複数形。「ギオロンのためいき」は、風の音の比喩。この秋風から最終行の「落葉」が導かれる。

＊ためいき——聴覚。「鐘のおと」も同様。原詩は「長いすすり泣き（Les sanglots longs）」。

＊したぶるに——「ひたぶるに」の誤植か。ひたすらに。原詩は「一つの単調なもの憂さで（D'une langueur / Monotone.）」。

＊うら悲し——『万葉集』巻第十九に、大伴家持「春の野に霞たなびきうら悲しこの夕かげに鶯鳴くも」とある。

＊鐘のおとに——五音の「鐘のねに」とせず、敢えて破調六音で切迫した感情を表現した。

＊胸ふたぎ——胸がふさがって。原詩は「全く息苦しく（Tout suffocant）」。

＊色かへて——顔色を変えて。原詩は「青白

涙ぐむ
過ぎし日の
おもひでや。

げにわれは
うらぶれて
こゝかしこ
さだめなく
とび散らふ
落葉《おちば》かな。

く（blême）」。
＊おもひでや――詠嘆を強調。初出形「おもひでに」が原文「私は昔の日々を思い出す（Je me souviens / Des jours anciens）」に近い。
＊げに――実に。原詩は「そして（Et）」。
＊うらぶれて――心が弱って。思いしおれて。原詩「意地の悪い風に（Au vent mauvais）」を意訳した。現在広く使われている「落ちぶれる」という意味は、この訳詩の普及によって派生した新しい語義。『万葉集』巻第七に、「秋山の黄葉（もみぢ）あはれびうらぶれて入りにし妹は待てど来まさず」とある。
＊さだめなくとび散らふ――創造的な翻訳。原詩に相当箇所はない。『古今和歌集』巻第五に、よみ人知らず「秋風にあへず散りぬるもみぢ葉の行方定めぬ我ぞ悲しき」とある。
＊落葉――題名は漢詩風にラクヨウ。本文は一行五音にするためにも、大和言葉でオチバ。和漢洋一体の翻訳姿勢が見られる。

フランスの詩人ポール・ヴェルレーヌ（Paul Verlaine、一八四四～一八九六）作「秋の歌（Chanson d'automne）」の翻訳。この象徴詩は、穏やかなパリ市役所職員時代の作品。

上田敏《うえだびん》は、フランス象徴詩を日本の文学的土壌へ定着させるために、意図的な日本化を行った。例えば、「私の心を傷つける（Blessent mon cœur）」という原文の沈鬱《ちんうつ》さ鋭さを消去し、「うら悲し」という日本的感傷を導入している。また、「とび散らふ落葉《おちば》」からは、紅葉が豪華に乱れ散る美しい印象が残るが、原詩には「死んだ葉（枯葉）のように（Pareil à la / Feuille morte.）」「立ち去る（死ぬ）（je m'en vais）」とある。死の連想が消されることで、殺風景で荒涼《こうりょう》たる北フランスの秋が、島国の和歌的伝統的な秋の美に転換された。

一方「落葉《らくえふ》」は、ヴェルレーヌ作品の音楽的構成をも移植した名訳とされる。原詩は各行が短く、慌しい秋の凋落《ちょうらく》を良く表している。訳者はこの特徴を生かすため、一行五音の形を採用した。また、冒頭三行「の」の反復効果によって、原文同様にオ音が響いている。この詩の訳者付記に、「仏蘭西の詩は（略）ヱルレエヌに至りて音楽の声を伝へ、而《しか》して又更に陰影の匂なつかしきを捉へむとす」とある。上田敏は詩の音楽性を強く意識していた。

なお、堀口大学《ほりぐちだいがく》も「秋の歌」を訳している。「秋の／ヴィオロンの／節《ふし》ながき啜泣《すすりなき》／もの憂《う》き哀《かな》みに／わが魂を／痛ましむ。」（『月下の一群』）は、より原文に忠実である。

わすれなぐさ

ヴィルヘルム・アレント作
上田敏訳

ながれのきしのひともとは、
みそらのいろのみづあさぎ、
なみ、ことごとく、くちづけし
はた、ことごとく、わすれゆく。

〔出典〕『海潮音』本郷書院、一九〇五（明治三十八）年十月。初出は『明星』巳歳第八号、一九〇五年八月発行。初出総題「光明道」。
＊わすれなぐさ――ムラサキ科の多年草。藍色の小さな花を咲かせる。ドイツ語の花名「私を忘れないで」の直訳。伝説によれば、恋人のためにこの花を摘もうとして川で溺れた青年が、最後の瞬間に恋人に花を投げ、私を忘れないでと叫んだという。
＊ひともと――他から離れ、孤立している印象を生む言葉。『古今和歌集』巻第十七、よみ人知らず「紫の一本（ひともと）ゆゑに武蔵野の草はみながらあはれとぞ見る」とある。
＊みそらのいろ――御空の色。わすれなぐさの色の比喩。「みづあさぎ」と頭韻を踏む。
＊みづあさぎ――水浅葱。薄い青色。原詩では「青（Blau）」。意味上は「あさぎ」と同じだが、「ながれ」「なみ」の縁語として、「みづあさぎ」の「みづ」が生かされている。
＊はた――将。また、一方で、といった意。

ドイツの抒情詩人ヴィルヘルム・アレント（Wilhelm Arent、一八六四〜没年未詳）作「Vergissmeinnicht」の訳。一本の忘れな草には、薄幸な少女の姿が暗示されている。「くちづけ」する「なみ」は、女の元を去った気まぐれな男のことだろう。「ことごとく」とあるから、恋人は複数とも読める。一方、「きし」という境界的な場所に咲く花は、あくまで「ひともと」である。このはかなく頼りない様子が、可憐《かれん》な美しさを生んでいる。

訳詩は、和歌的な表現を使いつつ、音の響きに工夫を凝《こ》らす。二か所の「の」の位置を揃《そろ》えた一・二行目に対し、三・四行目は読点を整え、「ことごとく」を同位置に配している。「わすれなぐさ」の日本語訳については、「於母影《をもかげ》」所収「花薔薇《はなさうび》」からの影響が指摘されている。「花薔薇」は、全篇平仮名で書かれた七五調四行の小詩であり、両者はこの点で共通する。内容も類似しており、「ふみくだかれしはなさうび」を歌う「花薔薇」に対し、「くちづけし」「わすれゆ」かれた「わすれなぐさ」が対応する。上田敏《うえだびん》は「於母影」を念頭に置きつつ、敢《あ》えてこの詩を翻訳したものと考えられる。競争心もあったことだろう。

短い作品だが、訳者は丁寧に推敲《すいこう》を重ねた。最終行は、手稿《しゅこう》で「またことごとくわすれゆく」だったが、初出では「なみことごとくわすれゆく。」とされている。そして最後に、「はた、ことごとく、わすれゆく」という『海潮音』の形に落ち着いた。

山のあなた

カール・ブッセ作
上田敏訳

山のあなたの空遠く
「幸《さいはひ》」住むと人のいふ。
噫《ああ》、われひとゝ尋《と》めゆきて、
涙さしぐみ、かへりきぬ。
山のあなたになほ遠く
「幸」住むと人のいふ。

〔出典〕『海潮音』本郷書院、一九〇五（明治三十八）年十月。初出は『万年草』巻第五、一九〇三（明治三十六）年四月発行。

＊あなた――空間的な「かなた」とは異なり、時間的遠さをも含む。『古今和歌集』巻第十八に、よみ人知らず「み吉野の山のあなたに宿もがな世の憂き時の隠れ家にせむ」とある。

＊空遠く――原詩は「山を越えて遠くゆけば」。「空」を加え、イメージを膨らませた。

＊「幸」住む――抽象観念を擬人化した西洋的表現。大和言葉「幸」で詩の統一感を実現。

＊人のいふ――原詩では複数名詞「人々」。

＊ひとゝ――原詩は「群集と共に」。二行目「人」に対し、三行目は「ひと」と表記されている。この工夫によって、恋人と行ったという読みが可能になり、解釈の幅が広がった。

＊尋めゆきて――原詩は「私は出かけていった」。「尋め」を入れることで精神性を高めた。

＊涙さしぐみ――原詩「涙した目とともに」を、格調高い日本語に置き換えた。

ドイツの詩人カール・ブッセ（Karl Busse、一八七二～一九一八）作「Über den Bergen」の訳。原作者はドイツでさほど有名ではなく、原詩も凡庸な作品と評価されている。上田敏《うえだびん》はこの小品を、原作以上に格調高い七五調大和言葉の名詩へと転換した。

「山のあなた」は、幸福を遠い所に求める人間の心理を巧みに表現している。三行目で、「われ」は「ひと」と共に「幸《さいはひ》」を求めて出かけてゆく。しかし、四行目の「涙さしぐみ」は、その試みが空《むな》しく終ったことを暗示する。「われ」と一緒に出発したはずの「ひと」が、その後どうなったかは明かされない。「ひと」とは、恋人のことだろうか、それとも友人や仲間のことだろうか。「われ」は恐らく、単独で「かへりき」たのだろう。

一方この詩を、幸福は「山のあなたの空遠く」ではなく、身近な所にあるものだという、一種の教訓詩と受け取ることもできる。ところが五行目には、「山のあなたになほ遠く」とあり、遥《はる》かなものを求める思いこそが尊いという、全く別な解釈も成立する。

上田敏は「山のあなた」「わすれなぐさ」等を、ルートウィッヒ・ヤコボースキー編『新選現代叙情小曲集』（一八九九年）で知った。森鷗外《もりおうがい》からこのドイツ語の本を借り、助言を受けつつ訳出したと推測されている。なお、若山牧水《わかやまぼくすい》の短歌「幾山河《いくやまかは》越えさり行かば寂しさの終《は》てなむ国ぞ今日も旅ゆく」は、「山のあなた」から影響を受けた作品である。

春の朝

ロバート・ブラウニング作
上田敏訳

時は春、
日は朝《あした》、
朝《あした》は七時《しちじ》、
片岡に露みちて、
揚雲雀《あげひばり》なのりいで、
蝸牛《かたつむり》枝に這《は》ひ、
神、そらに知ろしめす。
すべて世は事も無し。

〔出典〕『海潮音』本郷書院、一九〇五（明治三十八）年十月。初出は『万年草』巻第三、一九〇二（明治三十五）年十二月発行。
＊時は春——初出は「歳（とし）は春」。初出は原文「The year's at the spring」の直訳。
＊片岡——丘の片側。一方がなだらかな丘。原詩は「丘の側面（hill-side）」。ピッパは北イタリア・アソロの丘でこの歌を歌っている。
＊露みちて——原詩は「露の真珠がきらめき（dew-pearled）」。訳詩は視覚性がやや弱い。
＊なのりいで——原詩「飛んでいる（The lark's on the wing）」は、鳴き声に言及していない。『万葉集』以来、ホトトギスに使われて来た慣用的表現を、訳者が雲雀に転用。
＊枝に——原詩は「イバラの上に（on the thorn）」。バラのようなとげのある樹木。
＊知ろしめす——統治なさる。神の摂理が地上に穏やかに行き渡っていること。
＊事も無し——原詩では、この後に不倫殺人事件の発生が明かされる。逆説的な表現。

原題は「ピッパが通る（Pippa Passes）」。英国の詩人ロバート・ブラウニング（Robert Browning、一八一二〜一八八九）の同題の劇詩（一八四一年）第一部で、少女ピッパが歌う歌。紡績工場の女工は、元日に一年ぶりの休みとなり、豊かな解放感を味わっている。

劇詩は、貧しいピッパが通りがかりに口ずさむ歌によって、殺人犯の不倫男女が良心を回復し、非を改める楽天的な物語。前夜この屋敷では、妻と情夫が、二人の道ならぬ恋に都合の悪い夫を殺害したばかりだった。罪業《ざいごう》を悔いた情夫は自決し、妻もその後を追う。

作品は、自然の美しさを述べる。「春」「朝《あした》」「七時《しちじ》」という清々《すがすが》しい時、「露」は「みち」、「雲雀《ひばり》」は上空で歌う。最終行にも「すべて世は事も無し」とある。しかし読者は、人生が困難や不幸の連続であることを知っている。平穏無事は何よりの幸せだが、この幸福感が一時的なものに過ぎず、はなかい望みであることを、読者は意識せざるを得ない。いやむしろ、そうであるからこそ、「春の朝」の麗《うるわ》しい一瞬をしみじみと噛みしめるのだろう。

原詩は娘の歌らしく、易《やさ》しい英語で書かれているが、上田敏《うえだびん》はこれを五音を基調とする文語で翻訳した。そのため、不自然なほど格調が高くなっている。また、元の詩の直接性は失われ、叙述はやや客観的である。のびやかなア行音が二十一回使われ、抑えきれない春の喜びを伝えている。「春の朝」は、『海潮音』中最も早く発表された作品であった。

ああ大和《やまと》にしあらましかば

薄田泣菫

ああ、大和にしあらましかば、
いま神無月《かみなづき》、
うは葉《ば》散り透《す》く神無備《かみなび》の森の小路《こみち》を、
あかつき露《づゆ》に髪ぬれて、往《ゆ》きこそかよへ、
斑鳩《いかるが》へ。平群《へぐり》のおほ野、高草《たかくさ》の
黄金《こがね》の海とゆらゆる日、
塵居《ちりゐ》の窓のうは白《じら》み日ざしの淡《あは》に、
いにし代《よ》の珍《うづ》の御経《みきやう》の黄金《こがね》文字、
百済緒琴《くだらをごと》に、斎《いは》ひ瓮《べ》に、彩画《だみゑ》の壁に
見ぞ恍《ほ》くる柱がくれのたたずまひ、
常花《とこばな》かざす芸《げい》の宮、斎殿深《いみどのふか》に、

[出典]『白羊宮』金尾文淵堂、一九〇六（明治三十九）年五月。初出は『中学世界』第八巻第十五号、定期増刊菊花壇、一九〇五（明治三十八）年十一月発行。初出題名「ああ、大和にしあらましかば」。

＊ああ――ブラウニング「異国にありて故郷を思う歌」に、「ああ、イギリスにいたいものだ／今イギリスは四月だから（Oh, to be in England / Now that April's there)」とある。

＊大和――河井酔茗『塔影』「天（あめ）の高市（たけち）」に、「大和の土は踏むとして／詩（うた）ならざるはなかりけむ」とある。

＊うは葉――木の上の方の葉。

＊神無備――神の鎮座する山。ここでは三室山を指すか。竜田の森とする説もある。

＊あかつき露――『万葉集』巻第二に、大伯皇女「わが背子を大和へ遣るとさ夜深けて暁（あかとき）露にわが立ち濡れし」とある。

＊黄金の海――上田敏訳、ルコント・ドゥ・リイル「真昼」（初出一九〇五年八月）に、「麦の田は黄金海と連なりて」とある。泣菫『落葉』「彼岸の中日」（同年九月）に、「稲田

焚《た》きくゆる香《か》ぞ、さながらの八塩折《やしほをり》
美酒《うまき》の甕《みか》のまよはしに、
さこそは酔《ゑ》はめ。（以下略）

の並び、黄金の浪の穂とのたうち候」とある。
＊塵居の窓のうは白み——塵が積もって窓に白くたまっている、古色蒼然たる様。
＊珍の御経の黄金文字——紺紙金泥の経典。以下七行について、ブラウニングの詩劇「パラセスサス」の影響が指摘されている。
＊百済緒琴——百済伝来の琴。箜篌（くご）。
＊斎ひ瓮——神酒を入れる神聖な土器。
＊彩画の壁——法隆寺金堂壁画などの彩色画。
＊見ぞ恍くる——うっとりと見とれる。
＊柱がくれ——河井酔茗『塔影』「天の高市」に、「樹立がくれの古殿堂に」とある。
＊常花かざす芸の宮——永遠の美を持つ芸術の殿堂。五重塔を「芸術（アート）の花」と表現した河井酔茗の詩「塔影」の影響。
＊斎殿——神職が潔斎のために参籠する建物。
＊八塩折——幾度も繰り返し醸した良質の酒。
＊まよはし——ここでは大和文化の魅力。

郷里で病気療養中の薄田《すすきだ》泣菫《きゅうきん》が、かつての奈良県探訪を思い起こして執筆した詩。古代への憧憬が込められている。描かれているのは、理想化された古代大和《やまと》の美的世界である。作品には、ブラウニング（Robert Browning、一八一二〜一八八九）の詩「異国にありて故郷を思う歌（Home-Thoughts from Abroad）」の冒頭部分の影響が見られる。しかし、以降の記述はむしろ、河井《かわい》酔茗《すいめい》の詩集『塔影』（一九〇五年六月）の、大和礼讃《らいさん》に刺激を受けたものである。また、古代ギリシアを憧憬した英国詩人キーツの影響も推測されている。

一九〇五年は、時あたかも歴史学者の間で法隆寺再建論争が行われていた時期であり、泣菫の詩にも、東洋美術の宝庫としての大和という認識が反映している。しかし、当時の法隆寺に紺紙金泥《こんしきんでい》の経や箜篌《くご》や「斎《いは》ひ瓮《べ》」はなく、作品には一種の虚構性が見られる。

全体は三連から成り、それぞれ朝昼夕の時間に対応する。第一連は主に視覚、第二連は主に聴覚を取り上げている。第一連の前半六行は、大和の景色を描き、後半八行では法隆寺の中の情景を描写する。難解な雅語《がご》が多く使われているのが一つの特徴と言えよう。

薄田泣菫は『泣菫詩集』「詩集の後に」（一九二五年）で、「私の古語癖が、その頃の読者や評家をかなり苦しめた」と認めている。豊富な語彙を求めて「古語の復活」を目指したのである。なお、随筆集『落葉』（一九〇八年）では、詩人の大和への思いが語られている。

扣鈕《ぼたん》

森鷗外

南山《なんざん》の　たたかひの日に
袖口《そでぐち》の　こがねのぼたん
ひとつおとしつ
その扣鈕惜し

べるりんの　都大路《みやこおほぢ》の
ぱつさあじゆ　電燈あをき
店にて買ひぬ
はたとせまへに

えぽれつと　かがやきし友

〔出典〕『うた日記』春陽堂、一九〇七（明治四十）年九月。初出未詳。
＊扣鈕――ワイシャツのカフスボタン。
＊南山――旧関東州金州の西南にある標高一一五メートルの丘。日露戦争の激戦地。田山花袋『第二軍従征日記』によれば、花袋は南山陥落当日の五月二十六日、戦場で森鷗外と出会い、会話を交わしている。敗走する敵が火薬庫を自爆させたのを眺める記述の直後に、次のようにある。「『実に、君、好い処を見たね？』と声を懸けられたので、振返ると、それは森軍医部長であつた。『実に壮観でした！』『もう、かういふ面白い光景は見られんよ』『何（ど）うも、実に！』自分は只恍惚として居た。」。
＊ぱつさあじゆ――passage（フランス語）。建物の中の通路に沿って店が並ぶ商店街。異国での思い出を美化するために、敢えて平仮名表記を用いている。
＊電燈あをき――都会的な青い光。
＊えぽれつと――épaulette（フランス語）。肩章。肩かざり。「友」は軍人であろう。

こがね髪《がみ》　ゆらぎし少女《をとめ》
はや老いにけん
死にもやしけん

はたとせの　身のうきしづみ
よろこびも　かなしびも知る
袖のぼたんよ
かたはとなりぬ

ますらをの　玉と砕けし
ももちたり　それも惜しけど
こも惜し扣鈕
身に添ふ扣鈕

＊こがね髪——金髪。
＊少女——鷗外の恋人はアンナ・ベルタ・ルイーズ・ヴィーゲルト（今野勉ほか説）。通名エリーゼ。森鷗外帰朝の際、結婚を前提として別の船で来日したが、一族の説得によりドイツに帰国させられた。来日時満十五歳。
＊はたとせ——森鷗外は一八八四（明治十七）年、ドイツに留学した。南山戦が行われた一九〇四年の、ちょうど二十年前にあたる。
＊ももちたり——百千人。大勢。
＊こも惜し扣鈕——「ますらを」の命を哀惜する言葉を逆説で受け、一個人の私的な感情を述べている。この点で、公的性格の強い直前の詩「脣の血」とは対極的。「南山のたたかひの日に」と、回想的に始まっていることなどから、「扣鈕」は、戦争終結後のゆったりとした心境の中で生み出された作品であると考えられている。

日露戦争の戦場で落とした金のカフスボタンから、二十年前のドイツ留学時代を思い起こし、人生の感慨を述べた詩。南山《なんざん》の戦いは、激戦の中での勝利であった。詩の各連は五七五七七調だが、これは『万葉集』等に見られる仏足石歌体《ぶっそくせきかたい》に通じている。森鷗外《もりおうがい》が軍医部長を務める第二軍は、一九〇四（明治三十七）年五月、遼東《りょうとう》半島に上陸した。部隊は五月二十六日、半島の最狭部たる南山の奪取に成功する。これによって大連《だいれん》が陥落し、旅順《りょじゅん》のロシア軍は孤立した。一方日本側は、南山戦で四千名以上の犠牲者を出している。「ますらをの 玉と砕けし／ももちたり」とは、これを言ったものである。

戦死者や重傷者が続々と運ばれ、血が噴《ふ》き呻《うめ》き声が響く凄惨《せいさん》な前線で、詩人鷗外は、その対極とも言うべき華やかなベルリンの街の幻を見る。「都大路《みやこおほじ》」「ぱつさあじゆ」「電燈あをき店」「えぽれつと かがやきし友」「こがね髪《がみ》 ゆらぎし少女《をとめ》」。かつて遊んだ美しいヨーロッパの都市を回想する軍医の眼前には、手がもげ、足が飛んだ悲惨な兵士の姿があった。『うた日記』の多くの詩歌とは異なり、「扣鈕《ぼたん》」には日付が記されていない。このことから、詩は戦地から帰還後の作品である可能性が高い。帰国後の一九〇六（明治三十九）年一月二十八日、森鷗外は残ったもう一つのカフスボタンを、上野精養軒《せいようけん》で長男於菟《おと》に与えている。なお、中原中也《なかはらちゅうや》「月夜の浜辺」への影響が推測されるが、立証はされていない。

智慧《ちゑ》の相者《さうじや》は我を見て

蒲原有明

智慧の相者は我を見て今日し語らく、
汝《な》が眉目《まみ》ぞこは兆悪《さがあ》しく日曇《ひなぐも》る、
心弱くも人を恋ふおもひの空の
雲、疾風《はやち》、襲はぬさきに遁《のが》れよと。

噫《ああ》遁れよと、嫋《たを》やげる君がほとりを、
緑牧《みどりまき》、草野の原のうねりより
なほ柔かき黒髪の綰《わがね》の波を、――
こを如何《いか》に君は聞き判《わ》きたまふらむ。

眼をし閉《とづ》れば打続く沙《いさご》のはてを

［出典］『有明集』易風社、一九〇八（明治四十一）年一月。初出は『文章世界』第二巻第七号、一九〇七（明治四十）年六月発行。初出総題「皐月野（さつきの）」、初出題名「智慧の相者はわれを見て」。

＊語らく――語ることには。二〜四行目が語った内容に相当する。

＊汝が眉目――お前の目。相者から見た言い方。「汝」は一行目の「我」と同一人物。

＊兆悪しく日曇る――不吉な影に曇っている。

＊心弱くも――心の弱さによって恋が生じるという、硬派的な発想。理性が官能を抑えるイメージ。

＊空――「おもひの空」と「空の雲、疾風」の掛詞。

＊雲、疾風――恋愛によって生じる波乱。

＊緑牧、草野の原――緑の牧場。蒲原有明訳ロセッティ「静昼（Silent Noon）」に、「緑の草の中にしも腕（かひな）を君が擲（な）げやれば」「照りては陰る牧の原」とある。

＊綰の波――「綰」は、たわめて輪の形にしたもの。ここでは女性の結髪を意味する。

黄昏《たそがれ》に頸垂《うなだ》れてゆくもののかげ、
飢ゑてさまよふ獣《けもの》かととがめたまはめ、

その影ぞ君を遁れてゆける身の
乾ける旅に一色《ひといろ》の物憂き姿、——
よしさらば、香《にほひ》の渦輪《うづわ》、彩《あや》の嵐に。

＊打続く沙のはて——広漠たる砂漠の片隅。恋愛を断念した後の無味乾燥な心象風景。「緑牧、草野の原」の対極にある景色。
＊もののかげ——自分自身の姿。「眼をし閉れば」そのようなイメージが思い浮かぶ。
＊その影——第三連第二行「もののかげ」。
＊乾ける旅——恋を失い彷徨する人生。
＊一色——単色。「沙」「黄昏」「乾ける」から、黄色が連想される。第二連「緑牧」「黒髪」、第四連「彩」の豊かな色彩と好対照。
＊よしさらば——そういうことならばいっそ（恋愛に身を投じよう）。
＊香の渦輪、彩の嵐——象徴詩の重要な概念「交響（コレスポンダンス）」が反映した一節。蒲原有明訳のボードレール「万法交徹」に、「諸（もろもろ）の色は、匂ひは、互にぞ呼びかはすなる」（『有明詩集』）とある。嗅覚「香」と視覚「彩」が交響している。

四四三三行のソネット形式で、理性と官能の葛藤を描いた詩。霊と肉の相克《そうこく》が主題である。最終行で語り手は、「香《にほひ》の渦輪《うづわ》、彩《あや》の嵐」、即ち激しい恋愛に身を投じる決意をする。「智慧《ちゑ》の相者《さうじや》」とは、知恵の占い師・観相者の意で、理知分別という抽象概念を擬人化したもの。第一連では、語り手の内面の一半たる理性が、危険な恋の誘惑から距離を取るよう「我」を戒める。第二連では、もう一半の胸中の声が、美しい女の魅力を誘いかける。第三連は、「智慧の相者」の忠告を受け入れ、「君」への思いをあきらめた姿を仮想したものである。そして最終連では、その荒涼《こうりょう》たる様から一転、愛欲の魅惑に従おうと決心する。

この詩の十四行の構成は、ロセッティ（Dante Gabriel Rossetti、一八二八〜一八八二）などに学んだもの。「綰《わがね》の波」という女の髪の官能的イメージも、ロセッティらラファエル前派の絵画に由来する。一方、「打続く沙《いさご》のはて」の砂漠の形象は、上田敏《うえだびん》『海潮音』の影響である。「象」（ルコント・ドゥ・リイル）に、砂漠の象のイメージがあり、「長沙《ちやうさ》」「大沙原《おほすなばら》」「沙《すな》」の語が見られる。同「真昼」にも、「行末は沙《すな》たち迷ふ雲のはて」とある。

七五七・五七五交互調のこの作品には、「日曇《ひなぐも》る」「空」「雲」「疾風《はやち》」「襲はぬ」「渦輪」と、「嵐」を連想させる縁語の技法が使われている。『有明集』以後何度も改作されたが、質は却《かえ》って悪化した。初出を含め、少なくとも六種類の異なるテクストが存在する。

茉莉花《まつりくわ》

蒲原有明

咽《むせ》び嘆かふわが胸の曇り物憂き
紗《しや》の帳《とばり》しなめきかかげ、かがやかに、
或日《あるひ》は映る君が面《おも》、媚《こび》の野にさく
阿芙蓉《あふよう》の萎《ぬ》え嬌《なま》めけるその匂ひ。

魂《たま》をも蕩《た》らす私語《ささめき》に誘はれつつも、
われはまた君を擁《いだ》きて泣くなめり、
極秘の愁《うれひ》、夢のわな、——君が腕《かひな》に、
痛ましきわがただむきはとらはれぬ。

また或宵《あるよひ》は君見えず、生絹《すずし》の衣《きぬ》の

［出典］『有明集』易風社、一九〇八（明治四十一）年一月。初出は『新思潮』第一号、一九〇七（明治四十）年十月発行。
＊茉莉花——ジャスミン。ヨーロッパでは、東洋のエキゾチックな花とみなされた。
＊紗の帳——薄い絹のカーテン。繊細な光沢と人肌のような質感が官能性を生む。「わが胸」を部屋に見立て、恋しい「君が面」が幕を上げて現れるという発想。閨房のイメージ。
＊しなめき——しなやかに揺らめき。「紗の帳しなめき」とシ音の韻を踏む。
＊かがやかに——「わが胸の曇り」と対照をなす。「かかげ、かがやかに」とカ音を反復。
＊野——「紗の帳」の室内に対する屋外。
＊阿芙蓉——アヘン。理性を麻痺させる陶酔感につながる。ここではケシの花を指す。
＊萎え——なよなよと動いて。
＊匂ひ——古語では主に視覚的美を表す。
＊蕩らす——誘惑し堕落させる。「魂をも蕩らす」と、タ音を繰り返す。
＊私語——「私語に誘はれ」と、サ音を反復。
＊極秘——愛欲に身悶えすること自体、求道

衣ずれの音のさやさやすずろかに
ただ伝ふのみ、わが心この時裂けつ、

茉莉花の夜《よる》の一室《ひとま》の香《か》のかげに
まじれる君が微笑《ほほゑみ》はわが身の痍《きず》を
もとめ来て沁《し》みて薫りぬ、貴《あて》にしみらに。

的立場からは認めがたい。
＊わな——危険な罠にかかったかのように、魔性の女の腕に「とらはれ」たのである。
＊ただむき——腕。ここでは肉体の象徴。
＊生絹——生糸の織物で、練っていないもの。軽くて薄い。二行目「紗の帳」の類縁。
＊衣ずれの音——王朝的な恋人来訪のイメージ。ロセッティの詩「My Sister’s Sleep」の影響が推測されている。
＊すずろかに——漫然と。むやみに。「さやさやすずろか」が、音楽的響きを生んでいる。
＊夜の一室——官能的な夜の密室。「紗の帳」「私語」「衣ずれ」と結びつくイメージ。
＊わが身の痍——求道の立場からは、恋人と甘美な夜を過したこと自体が罪科である。
＊貴に——上品に。上田敏訳『海潮音』「真昼」に、「貴におほどかに」とある。
＊しみらに——しきりに。「沁みて」の類音。

四四三三行のソネット形式で、女性の官能的魅力を描いた象徴詩。語り手は、女の頽廃《たいはい》的魔力に誘惑され、罪の意識を募《つの》らせつつ、悶《もだ》え、苦しみ、そして煩悶《はんもん》する。『夢は呼び交す』によれば、一九〇二年頃に蒲原有明《かんばらありあけ》が関係をもった五歳年上の女性がモデルである。第一連は視覚、第二連は触覚、第三連は聴覚、最終連は嗅覚を描く。各連共通なのは、苦悩苦痛を表す語彙が多いことである。「胸の曇り物憂き」「泣く」「痛ましき」「わが心この時裂けつ」「身の痍《きづ》」「沁《し》みて」の痛みは、敢《あ》えて苦行を求める蒲原有明の求道精神に由来する。一方語り手は、洪水のように押し寄せる官能の波に溺《おぼ》れつつある。快楽を抑圧すればするほど淫蕩《いんとう》な感覚が研ぎ澄まされてゆくパラドクスが、「茉莉花《まつりくわ》」の本質である。

また、詩には内面と外面の交響が見られる。語り手の心理を表す「わが胸」は外界の「紗《しや》の帳《とばり》」に反映し、「君が面《おも》」が「帳《とばり》」のスクリーンに「映る」。「極秘の愁《うれひ》」は「君が腕《かひな》」と、「わが心」は「衣《きぬ》ずれの音」と、「わが身の痍」は「茉莉花」の香りと照応している。

韻律面では、七五七音の行と五七五音の行が交互に置かれている。次々と重ねられてゆくイメージが、あたかも楽器のように響き合い、交響曲的な音楽性を生み出している。

作品には雅語《がご》・古語・漢語が使われ、古典指向が強い。蒲原有明は、古風な伝統的表現によって妖艶な美を完成させようとした。知的観念の中で美の洗練を追求したのである。

邪宗門秘曲

北原白秋

われは思ふ、末世《まつせ》の邪宗、切支丹《きりしたん》でうすの魔法。
黒船の加比丹《かひたん》を、紅毛の不可思議国《ふかしぎこく》を、
色赤きびいどろを、匂鋭《にほひと》きあんじやべいいる、
南蛮の桟留縞《さんとめじま》を、はた、阿刺吉《あらき》、珍酡《ちんた》の酒を。

目見《まみ》青きドミニカびとは陀羅尼《だらに》誦《ず》し夢にも語る、
禁制の宗門神《しゆうもんしん》を、あるはまた、血に染む聖磔《くるす》、
芥子粒《けしつぶ》を林檎《りんご》のごとく見すといふ欺罔《けれん》の器、
波羅葦僧《はらいそ》の空をも覗《のぞ》く伸び縮む奇なる眼鏡を。

屋《いへ》はまた石もて造り、大理石《なめいし》の白き血潮は、

〔出典〕『邪宗門』易風社、一九〇九（明治四十二）年三月。初出は『中央公論』第二十三年第九号、一九〇八（明治四十一）年九月発行。初出総題「新詩六篇」。『邪宗門』に「四十一年八月」とある。
＊われは思ふ――上田敏訳『海潮音』「賦（かぞへうた）」に、「われは夢む、滄海の天（そら）の色、哀深き入日の影を、」とある。
＊でうす――創造主。Deus（ラテン語）。
＊加比丹――船長。capitão（葡語〔ポルトガル語〕）、kapitein（蘭語〔オランダ語〕）。
＊びいどろ――ガラス。vidro（葡語）。
＊あんじやべいいる――オランダ石竹、即ちカーネーション。anjelier（蘭語）。
＊桟留縞――インドのサン・トメ渡来の縞のある綿織物。São Tomé（葡語）。
＊阿刺吉――中東やインドなどで飲まれるアラック酒。arak（蘭語）。
＊珍酡の酒――赤ワイン。vinho tinto（葡語）。
＊ドミニカびと――ドミニコ修道会士。
＊陀羅尼――ここではラテン語の祈禱。
＊聖磔――十字架。cruz（葡語）。

ぎやまんの壺に盛られて夜《よ》となれば火点《とも》るといふ。
かの美《は》しき越歴機《えれき》の夢は天鵝絨《びろうど》の薫《くゆり》にまじり、
珍《めづ》らなる月の世界の鳥獣《とりけもの》映像《うつ》すと聞けり。

あるは聞く、化粧《けはひ》の料《しろ》は毒草の花よりしぼり、
腐《くさ》れたる石の油に画《ゑが》くてふ《ちょう》麻利耶《まりや》の像よ、
はた羅甸《らてん》、波爾杜瓦爾《ほるとがる》らの横つづり青なる仮名は
美くしき、さいへ悲しき歓楽の音《ね》にかも満つる。

いざさらばわれらに賜へ、幻惑の伴天連尊者《ばてれんそんじや》、
百年《ももとせ》を刹那《せつな》に縮め、血の磔脊《はりきせ》にし死すとも
惜しからじ、願ふは極秘、かの奇《く》しき紅《くれなゐ》の夢、
善主麿《ぜんすまろ》、今日を祈《いのり》に身も霊《たま》も薫《くゆ》りこがるる。

＊欺罔の器――ここでは顕微鏡のこと。
＊波羅葦僧――パラダイス、天国。paraíso（葡語）。上田敏『海潮音』「故国」に、「うまれの里の波羅葦増雲（パライソウ）」とある。
＊伸び縮む奇なる眼鏡――望遠鏡。
＊白き血潮――ランプに使われる石蠟の比喩。
＊ぎやまん――ガラス。diamant（蘭語）。本来の意味であるダイヤモンドから転じた語彙。
＊火点るといふ――脱字「ふ。」を補った。
＊越歴機――電気。エレキテル。elektriciteit（蘭語）。ここでは幻燈の意。
＊鳥獣映像す――一九〇二年刊『史籍集覧第十二冊』「或ハ牛馬鳥獣ノ形或ハ醜偏形ノ類ヒ鏡ニウツリテ」（「南蛮寺興廃記」）による。
＊腐れたる石の油に画く――油絵のこと。
＊さいへ――そうは言っても。
＊伴天連尊者――神父。padre（葡語）。
＊善主麿――イエス。「麿」は敬称。

南蛮貿易時代への憧憬を、エキゾチックな語彙の列挙によって表現した作品。過去の美への憧れという点で、薄田泣菫《すすきだきゅうきん》「ああ大和《やまと》にしあらましかば」に通じる詩法である。

「邪宗門秘曲」には、強烈な色彩が溢《あふ》れている。「黒船」「紅毛」「色赤きびいどろ」「目《ま》見《み》青きドミニカびと」「血に染む聖磔《くるす》」「白き血潮」「青なる仮名」「紅《くれなゐ》の夢」と、黒赤青白の原色が登場する。中でも特徴的なのは赤色で、倦怠《けんたい》と頽廃《たいはい》の怪しい雰囲気を醸《かも》している。

視覚ばかりでなく、嗅覚・聴覚・味覚も動員されている。「あんじやべいいる」の匂い、「歓楽の音《ね》」の響き、「陀羅尼《だらに》」を読誦する声、さらには「珍酡《ちんた》の酒」まで加わって、人を陶酔へと誘う。五感に対する激しい刺激は、人を夢見心地にさせずにはおかない。

語り手は、絢爛《けんらん》たる言葉を連ねた揚句、第四連で「百年《ももとせ》を刹那《せつな》に縮め」と、刹那的耽美主義を礼讃《らいさん》している。「血の磔脊《はりきせ》にし死すとも」は、芸術至上主義を奉じる北原白秋《きたはらはくしゅう》が、自らを切支丹《きりしたん》の殉教者になぞらえつつ、世俗の常識にとらわれない自負を語ったものである。

一九〇七年、白秋は与謝野鉄幹《よさのてっかん》・木下杢太郎《きのしたもくたろう》・吉井勇《よしいいさむ》・平野万里《ひらのばんり》と九州を旅行した（『五足の靴』）。一五四九年のザビエル来航に始まる南蛮文化の名残を訪ねるこの旅は、切支丹趣味を生み出すきっかけとなった。「邪宗門秘曲」における南蛮文化用語は、杢太郎の詩「長崎ぶり」などのほか、上田敏《うえだびん》「踏絵」や蒲原有明《かんばらありあけ》「苦悩」「浄妙華《じやうめうげ》」の影響も受けている。

空に真赤な

北原白秋

空に真赤な雲のいろ。
玻璃《はり》に真赤な酒の色。
なんでこの身が悲しかろ。
空に真赤な雲のいろ。

〔出典〕『邪宗門』易風社、一九〇九（明治四十二）年三月。初出は『八少女（やをとめ）』第二巻第一号、一九〇九年一月発行。『方寸』第三巻第二号、一九〇九年二月発行、にローマ字で再録。『邪宗門』に「四十一年五月」とある。

＊真赤な――赤は北原白秋が好んだ色彩。『邪宗門』では特に多用されている。「色赤きびいどろ」（「邪宗門秘曲」）、「赤々と毒のほめきの」（「赤き僧正」）、「夕暮のものあかき空」（「WHISKY.」）、「わかき日の赤きなやみ」（「天鵞絨のにほひ」）などとある。

＊玻璃――ガラス。ここでは酒のグラス。

＊酒の色――赤い酒には、青春の悲哀が託されている。透明な酒が夕日によって赤く染まったという解釈も成り立つ。白秋は『芸術の円光』（一九二七年）でこの詩に触れ、「私達は踊つた、杯を鳴らした、火のやうなプロジツト」と回顧している。「プロジツト」はドイツ語で乾杯の時に発する言葉、の意。

青春の退廃的享楽と哀感を七五調でうたった、俗謡風の四行詩。語り手は刹那《せつな》的快楽を追求する一方、投げやりな感情から来る悲哀をも嚙みしめている。

一・二行目は対句になっている。「真赤な雲」の遠景と、近景「真赤な酒」が響き合い、世界は赤一色に染められる。これを受けた三行目の、「なんでこの身が悲しかろ」は反語で、悲しいはずがないという意味である。しかし、心の痛みを否定すればするほど、悲哀は「この身」にひしひしと迫ってくる。この構造自体が反語的と言えよう。最終行は冒頭と同じ言葉の繰り返しだが、込められた内容は一層深い陰影を帯びている。

「いろ」「色」「かろ」「いろ」と全行が脚韻を踏み、三行目以外、行末は体言止めである。また、一・四行目「雲のいろ」に対し、二行目では「酒の色」と、「色」が漢字で書かれている。「真赤な酒」からは、ハイカラで都会的西洋的な雰囲気が生み出され、耽美的陶酔が濃厚に表れている。一方で、赤い「玻璃《はり》」から視線を転じた先にある「この身」は、補色の青に染まったと想像され、対比効果によって、救いようのない憂鬱《ゆううつ》が生じている。

当時、添田《そえだ》啞蟬坊《あぜんぼう》（一八七二～一九四四）作のラッパ節《ぶし》が流行していた。北原《きたはら》白秋《はくしゅう》「雪と花火余言」等によれば、「空に真赤な」は、このメロディーに乗せてパンの会などで合唱された。白秋はこの詩を、「石川《いしかわ》啄木《たくぼく》に葉書に書いて送」っている（『日本民謡作家集』序）。

意気なホテルの

北原白秋

意気なホテルの煙突《けむだし》に
けふも粉雪のちりかかり、
青い灯《ひ》が点《つ》きや、わがこころ
何時《いつ》もちらちら泣きいだす。

〔出典〕『思ひ出』東雲堂書店、一九一一（明治四十四）年六月。初出未詳。
＊意気――この詩は東京の近代的抒情を主題としているので、江戸趣味を連想させる漢字「粋」を避け、敢えて「意気」と表記したものか。「粋」は「意気」から転じた語。
＊煙突――暖炉用の煙突。西洋的でハイカラな雰囲気を生み出している。ルビ「けむだし」は出典による。
＊けふ――「煙突（けむだし）」との文字上の頭韻的効果を狙ったもの。
＊ちりかかり――四行目の「ちらちら」と類似した音になっている。韻律的効果を狙った。
＊青い灯――ガス灯。青は憂愁と結び付く。北原白秋の詩「青いソフトに」に、「消ゆる涙」とあり、詩「雪ふる夜のこころもち」に、「泣き出しさうな青い面つき」とある。
＊ちらちら――「青い灯」の即物的形容であると同時に、語り手の心理の表出でもある。

築地《つきじ》のホテル・メトロポールを連想させるハイカラな建物と、北原白秋《きたはらはくしゅう》特有の憂愁を結びつけた、七五調の俗謡風小曲。近代都市の新しい抒情が表現されている。

一八九九（明治三十二）年まで外国人居留地だった築地明石町《あかしちょう》には、西洋風の建築が並んでいた。木下杢太郎《きのしたもくたろう》の詩「築地の渡し」（一九一〇年）の一節に、「渡しわたれば佃島《つくだじま》。／メトロポオルの燈《ひ》が見える。」とある。「意気なホテルの」の「青い灯《ひ》」は、このホテル・メトロポールあたりのガス灯であろう。佐藤春夫《さとうはるお》の小説「美しき町」（一九一九年）も、築地のホテルがモデルである。絵画では、鏑木清方《かぶらききよかた》《築地明石町》（一九二七年）がある。

白い雪と青い人工的な灯が、都会的な色彩を生み出している。「青い灯」は、ホテルの灯火の写実的描写であると同時に、西洋的な語感によって、憂鬱《ゆううつ》な感情と結びつけられている。「煙突《けむだし》」は赤く暖かい火のイメージを喚起するが、「青い灯」がこれを悲哀に転じる。

二行目「けふも」は、降雪が何日も続いていることを意味する。一方で、四行目「何時《いつ》も」と組み合わされることによって、語り手の「泣きいだす」という「わがこころ」の感情が、決して一時的なものではないことを暗示している。

なお、中原中也《なかはらちゅうや》「汚れつちまつた悲しみに……」の一節、「今日も小雪の降りかかる」は、「意気なホテルの」の二行目「けふも粉雪のちりかかり」から影響を受けたものである。

そぞろあるき

アルチュール・ランボー作
永井荷風訳

蒼《あを》き夏の夜《よ》や
麦の香《か》に酔《ゑ》ひ野草《のぐさ》をふみて
小みちを行かば
心はゆめみ、我《わが》足さはやかに
わがあらはなる額、
吹く風に浴《ゆあ》みすべし。

われ語らず、われ思はず、
われただ限りなき愛

〔出典〕『珊瑚集』籾山書店、一九一三（大正二）年四月。初出は『新文林』第二巻第四号、一九〇九（明治四十二）年四月発行。初出総題「訳詩二篇」、初出題名「感覚」。

＊そぞろあるき――抽象的な題名「感覚（Sensation）」を、散歩を表す和語「そぞろあるき」と改めることで、具体性を強めた。

＊蒼き夏の夜や――一九〇八年出版の『あめりか物語』「六月の夜の夢」における、夏の夜の散歩の描写に通じる。語り手は「夜風」吹き「野草の香に満ちて居る」「小径を辿り」、「蒼く」輝く蛍を目にする。「唯夏と云ふ感覚の快味に酔ふばかりだと感じた」とある。

＊麦の香に酔ひ――原詩は、「麦の穂に刺されながら（Picoté par les blés）」。陶酔感を強める翻訳になっている。

＊あらはなる額――帽子をかぶらない頭。

＊吹く風に浴みすべし――涼しい風が直接皮膚にあたる様子。

＊われ語らず――原詩は「何ごとも語るまい」（粟津則雄訳）という強い決意の表明。言葉や思考という理知的ロゴス的なものの否

魂の底に湧出《わきいづ》るを覚《おぼ》ゆべし。
宿なき人の如く
いよ遠くわれは歩まん。
恋人と行く如く心うれしく
「自然」と共にわれは歩まん。

定でもある。「我」「わが」「われ」が計七例あり、一人歩きの幸福感が強調されている。
＊限りなき愛——自然への親愛の情であると同時に、女性に対する感覚的身体的な愛情でもある。十二行目「恋人と行く如く」とある。
＊宿なき人——家のない人。放浪者。原詩は「ボヘミアン（bohémien）」。荷風はリヨンでジプシーの見世物を見ている。『ふらんす物語』「蛇つかひ」に、「浮浪、これが人生の真（まこと）の声ではあるまいか」とある。
＊いよ遠く——ますます遠く。
＊「自然」——原詩の「Nature」のNが大文字表記になっているため、括弧を付した。
＊感覚——荷風は『ふらんす物語』「秋のちまた」で、「フランスに来て初めて自分はフランスの風土気候の如何に感覚的（サンスエル）であるかを知つた」と述べている。

心を高揚させるような、夏の夜の散歩の魅力を語った作品。この詩は、ランボー（Arthur Rimbaud、一八五四～一八九一）の日本最初の翻訳でもある。原題は「感覚（Sensation）」。

第一連は、宵の散策の楽しさを具体的に語る。「蒼《あを》き夏の夜《よ》」の視覚、「麦の香《か》に酔《ゑ》ひ」の嗅覚、「野草《のぐさ》をふみて」「吹く風」の触覚が渾然一体《こんぜんいったい》となって、語り手は心身共に非常な心地良さを感じている。続く第二連は、外景から内面に転じる。詩人は、「魂の底に湧出《わきいづ》る」ような充実感や幸福感を覚えつつ、「恋人と行く如く心うれしく」歩いて行こうと述べる。「宿なき人の如く」は、放浪者の気ままで開放された感覚を比喩としたものである。

原詩は十五歳の少年ランボーが、厳しい母親の監視を離れ、自由に林を逍遥《しょうよう》する喜びを語った作品だが、日本語訳には、漂泊や放浪を好んだ永井荷風《ながいかふう》自身の散歩趣味も投影されている。また、フランス語の原作が全八行であるのに対し、訳者はより頻繁に改行を行って、十三行詩へと変えた。一行を短くすることで、歩行の躍動感を生み出す工夫である。『珊瑚《さんご》集』は、漢文直訳調の新しい訳詩文体を生み出した。荷風は「訳詩について」（一九二七年）で、「西詩の余香をわが文壇に移し伝へやうと欲するよりも、寧《むしろ》この事によつて、わたくしは自家の感情と文辞とを洗練せしむる助けになさうと思つたのである」と述べている。なお、三木露風《みきろふう》「静かなる六月の夜」は、この詩の影響下に創作された。

無題

ポール・ヴェルレーヌ作
永井荷風訳

空は屋根のかなたに
かくも静《しづか》に、かくも青し。
樹《き》は屋根のかなたに、
青き葉をゆする。
打仰《うちあふ》ぐ空高く御寺《みてら》の鐘は
やはらかに鳴る。
打仰ぐ樹の上に鳥は
かなしく歌ふ。

［出典］『珊瑚集』籾山書店、一九一三（大正二）年四月。初出は『スバル』第一年第九号、一九〇九（明治四十二）年九月発行。初出総題「訳詩三篇」。『仏蘭西近代抒情詩撰珊瑚集』第一書房、一九三八（昭和十三）年三月、で「偶成」と改題。
＊屋根のかなた――人間の日常生活を越えた、崇高なものの存在を暗示する。
＊青き葉――原詩では「棕櫚の枝（palme）」。棕櫚の枝葉は勝利や名誉の象徴。ヴェルレーヌ『獄中記』（一八九三年）に、「それは八月であった」とある。
＊質朴なる人生――過去の生活が放蕩三昧で波乱に満ちていたことを、却って印象づける。
＊かしこ――あそこにある。神の住む「空」、平和な「街」、詩の前半の何れを指すか曖昧。
＊平和――「質朴なる人生」と同様、かつての無頼極まる日々の有様を想像させる。
＊物のひびき――祭りの喧騒。『獄中記』に、「そのとき遠くからお祭りの（というのはブリュッセルという町は私の知るかぎりでは底ぬけに陽気な町であるから）ざわめきが、や

ああ神よ。質朴なる人生は
　かしこなりけり。
かの平和なる物のひびきは
　街より来《きた》る。

君、過ぎし日に何をかなせし。
　君今ここに唯《た》だ嘆く。
語れや、君、そも若き折
　何をかなせし。

わらげられてひびいてくるのであった」(『日本の詩歌二八』脚注、河盛好蔵訳)とある。
＊君——自分自身への問いかけ。
＊過ぎし日に何をかなせし——無軌道な青春を苦い思いで回顧しつつ、愛惜した言葉。
＊唯だ嘆く——原詩には失恋の背景はないが、日本語訳では女に捨てられた若者の嘆きと解釈することも可能である。
＊偶成——たまたま出来た詩。漢詩の題名としてしばしば使われた。
＊ヴェルレーヌのランボー銃撃事件の裁判で書記を務めたシャルル・リグールは、堀口大学の縁者にあたる(父堀口九萬一(くまいち)の後妻スチナの父)。ブリュッセル滞在中、堀口大学はシャルル・リグールに裁判でのヴェルレーヌの様子を尋ねたが、「二度とあんな男の名は、私の前で口にするな」とどやされた(「わが半生の記——ブリュッセルにいた頃」)。

穏やかで平和な自然に接し、それまでの乱脈奔放な人生を痛切に反省した作品。ヴェルレーヌ（Paul Verlaine、一八四四〜一八九六）は一八七三年、ランボーを拳銃で射って負傷させ、二年間を刑務所で過している。「無題」はベルギーの監獄で作られた作品で、第五詩集『叡智《えいち》（Sagesse）』（一八八一年）所収。詩人は服役中、宗教に救いを求めた。

第一連は、独房の高い窓から僅《わず》かに見える美しい青空や樹木を描く。第二連は聴覚に転じ、鐘の音や鳥の声が、語り手の心を鎮《しず》め内省を促す。続く第三連で語り手は、それまで背を向けてきた「質朴なる人生」の大切さに気づき、町から聞えてくる「平和なる物のひびき」に耳を澄ますのであった。最終連は、自らの過去を責める詩人の内なる声である。

初出と『珊瑚《さんご》集』では、第二連第四連がやや異なっている。初出は原文に忠実だが、詩的効果は『珊瑚集』より劣る。特に第二連の初出形「目に見ゆる」を、「打仰《うちあふ》ぐ」と改稿することで、高く崇高なものを希求する思いを表現することに成功した。

この間永井荷風《ながいかふう》は、ルペルティエのヴェルレーヌ伝を読み、原作者について知識を得ている。「過ぎし日に何をかなせし」「そも若き折／何をかなせし」という感慨には、荷風の体験も重ねられている。快楽主義的で堅実ならざる生き方を嘆く言葉は、訳者自身の胸を打ったと思われる。荷風の随筆「監獄署の裏」は、この詩の影響下に書かれたものである。

はてしなき議論の後

石川啄木

われらの且《か》つ読み、且つ議論を闘《たたか》はすこと、
しかしてわれらの眼の輝けること、
五十年前の露西亜《ロシア》の青年に劣らず。
われらは何を為《な》すべきかを議論す。
されど、誰一人、握りしめたる拳《こぶし》に卓《たく》をたたきて、
‘V《フ》 NAROD《ナロード》!’と叫び出《い》づるものなし。

われらはわれらの求むるものの何なるかを知る、
また、民衆の求むるものの何なるかを知る、
しかして、我等の何を為すべきかを知る。
実に五十年前の露西亜の青年よりも多く知れり。
されど、誰一人、握りしめたる拳に卓をたたきて、

〔出典〕土岐善麿編『啄木遺稿』東雲堂書店、一九一三（大正二）年五月。初出は『創作』第二巻第七号、一九一一（明治四十四）年七月発行。初出題名「はてしなき議論の後 一」。詩稿ノート『呼子と口笛』に横書きで「1911.6.15. TOKYO」とある。

＊はてしなき議論——啄木はクロポトキン（一八四二〜一九二一）の英訳自伝『Memoirs of a Revolutionist』（London: Smith, Elder, 1899）を、土岐善麿から借用し愛読した。この本に「and the reading was followed by endless discussions」とある。この前後の英文が、啄木の「‘V’ NAROD’ SERIES A LETTER FROM PRISON」（一九一一年五月稿）に引用されている。

＊五十年前の露西亜の青年——皇帝暗殺に失敗し処刑されたカラコーゾフ（一八四〇〜一八六六）。大逆事件が秘かに投影されている。

＊何を為すべきか——ロシア人文学者チェルヌイシェフスキー（一八二八〜一八八九）の長編小説の題名でもある。一八六三年作。

＊V NAROD——フ・ナロード。ロシア語で、

'V NAROD!' と叫び出づるものなし。

此処《ここ》にあつまれる者は皆青年なり、
常に世に新らしきものを作り出《い》だす青年なり。
われらは老人の早く死に、しかして遂《つひ》に勝つべきを知る。
見よ、われらの眼の輝けるを、またその議論の激しきを。
されど、誰一人、握りしめたる拳に卓をたたきて、
'V NAROD!' と叫び出づるものなし。

ああ、蠟燭《らふそく》はすでに三度も取りかへられ、
飲料《のみもの》の茶碗には小さき羽虫の死骸浮び、
若き婦人の熱心に変りはなけれど、
その眼には、はてしなき議論の後の疲れあり。
されど、なほ、誰一人、握りしめたる拳に卓をたたきて、
'V NAROD!' と叫び出づるものなし。

民衆の中への意。帝政ロシア時代の一八七〇年頃、知識人青年の一団ナロードニキが、専制を打倒しようと、この合言葉を掲げて農民の中に入り革命運動を行った。初出には「V. narod —— To the People; be the People.」という原注がある。クロポトキン『Memoirs of a Revolutionist』の注を流用したもの。

＊老人——「時代閉塞の現状」では、青年と老人の世代間対立が議論の基軸になっている。

＊蠟燭——秘密の会合であることを暗示する。

＊飲料——同六月十五日作の詩に、「ココアのひと匙」がある。

＊羽虫の死骸——飛び立つことのない虫の死骸は、「はてしなき議論」の象徴でもある。

＊若き婦人——クロポトキン自伝中の、ペローフスカヤのような女性。モデルの一人として、大逆事件で処刑された管野すが（一八八一〜一九一一）が想定される。

急進的革命青年の会合を描いた作品。「われら」という連帯感で結ばれた若い活動家たちは、変革への激しい情熱を持っているにもかかわらず、誰一人として実践に移そうとはしない。議論は観念的で、いつ果てるとも知れない。語り手はそこに停滞と絶望を見ている。堂々巡りの閉塞《へいそく》感は、詩の形式にも表れている。各連五行目は全て「されど」で始まり、結局「叫び出《い》づるものなし」という否定のリフレインへと戻って来る。討論は同じ地点に立ち返り、進展しない。「三度も取りかへられ」た「蠟燭《らふそく》」や、「羽虫の死骸」が、不毛な時間の経過を示すばかりだ。この焦燥《しょうそう》感は、詩人自身のものにほかならない。文語で書かれた作品だが、訴えの力強さ故か、極めて口語に近い表現になっている。

現実には、石川啄木《いしかわたくぼく》がこのような集まりに出席したわけではない。帝国大学法科の学生が、秘密裏《ひみつり》に社会主義研究会を作ったことを知り、クロポトキンの著書から得た知識も交えて創作した空想上の光景である。一九一〇（明治四十三）年の大逆《たいぎゃく》事件に衝撃を受け、同年に評論「時代閉塞の現状」を執筆した啄木の、無政府主義者への関心がうかがわれる。

詩稿ノートに「1911.6.15.」と日付が入っているのは、同時代を歴史的視点から見ようとする意識のあらわれである。また、「TOKYO」とアルファベットで表記したのは、当時の日本を、世界的国際的視野の中で位置づけようとした、この文学者の姿勢を示している。

ココアのひと匙《さじ》

石川啄木

われは知る、テロリストの
かなしき心を——
言葉とおこなひとを分《わか》ちがたき
ただひとつの心を、
奪はれたる言葉のかはりに
おこなひをもて語らんとする心を、
われとわがからだを敵に擲《な》げつくる心を——
しかして、そは真面目《まじめ》にして熱心なる人の常に有《も》つかなしみなり。

はてしなき議論の後の

〔出典〕土岐善麿編『啄木遺稿』東雲堂書店、一九一三（大正二）年五月。初出は『創作』第二巻第七号、一九一一（明治四十四）年七月発行。初出題名「はてしなき議論の後 一二」。詩稿ノート『呼子と口笛』に横書きで「1911.6.15. TOKYO」とある。

＊ココア——舶来の高価な飲料。西洋志向の知識人イメージを生み出している。ココアという新奇なものへの憧れは、閉塞感の中で新しい社会を希求する詩人の心情とも響き合う。

＊われは知る——倒置法。第一連七行目「敵に擲げつくる心を」までかかっている。

＊テロリスト——カラコーゾフやペローフスカヤ（一八五三〜一八八一）等のロシアの革命家と、日本の大逆事件とが二重写しになったイメージ。歌集『悲しき玩具』（一九一二年）に、「やや遠きものに思ひし／テロリストの悲しき心も——／近づく日のあり。」とある。この短歌の初出は『新日本』一九一一年七月号であり、「ココアのひと匙」と同時期の作品と考えられる。

＊かなしき心を——啄木自身の「かなしみ」

冷《さ》めたるココアのひと匙を啜《すす》りて、
そのうすにがき舌触《ざは》りに、
われは知る、テロリストの
かなしき、かなしき心を。

（八行目）を、テロリストに仮託した。以下、「ただひとつの心を」「語らんとする心を」「擲げつくる心を」と列挙されてゆく。

＊奪はれたる言葉――大逆事件前後の言論弾圧を指す。

＊おこなひをもて語らんとする心――「‘V’NAROD’ SERIES A LETTER FROM PRISON」に、クロポトキンの言葉として、「熱誠、勇敢な人士は唯言葉のみで満足せず、必ず言語を行為に翻訳しようとする。言語と行為との間には殆ど区別がなくなる。」とある。「ココアのひと匙」八行目「真面目にして熱心なる人」も、この引用を連想させる。啄木はクロポトキンの言葉を、久津見蕨村（けつそん）『無政府主義』（一九〇六年）で知った。

＊ひと匙を啜りて――僅かな量を指す。テロリストの心理を理解しつつ、直接行動に移すことのない語り手自身のあり方を象徴する。

一九一〇（明治四十三）年の大逆《たいぎゃく》事件に触発されて書かれた作品。この年政府は、幸徳《こうとく》秋水《しゅうすい》ら二十六名の無政府主義者・社会主義者を逮捕し、翌年十二人を死刑に処した。「真面目《まじめ》にして熱心なる人」は、社会正義について深く考えるところがあるため、自分の身を犠牲にしてでも思いを実現しようとする。「われとわがからだを敵に擲《な》げつくる心」である。このような「テロリスト」の心情を、啄木《たくぼく》は評論「'V'NAROD' SERIES A LETTER FROM PRISON」（一九一一年五月稿）で、クロポトキンを引用し説明している。

思想と実践を一致させようとするこの志向は、陽明学的価値観そのものでもある。「言葉とおこなひとを分《わか》ちがたき」とは、まさに陽明学の「知行合一《ちぎょうごういつ》」であり、「おこなひをもて語らんとする心」である。

第二連の「はてしなき議論の後の」は、石川啄木《いしかわたくぼく》の詩「はてしなき議論の後」ともつながっている。討論ばかりしているうちに「冷《さ》めたるココア」は、非行動性の暗喩であり、それゆえ「うすにがき舌触《ざは》り」がする。これとは対照的に、「テロリスト」は一直線に実践へと向かう。その思いつめた心理状態を、語り手は「かなしき、かなしき心」と表現した。主要なモデルは、幸徳秋水の内縁の妻で、天皇暗殺を計画した管野《かんの》すがであろう。『明治四十四年当用日記』一月二十六日に、この人物の裁判書類を「拾ひよみした」とある。

飛行機

石川啄木

見よ、今日も、かの蒼空《あをぞら》に
飛行機の高く飛べるを。

給仕づとめの少年が
たまに非番の日曜日、
肺病やみの母親とたつた二人の家にゐて、
ひとりせつせとリイダアの独学をする眼の疲れ……

見よ、今日も、かの蒼空に
飛行機の高く飛べるを。

〔出典〕土岐善麿編『啄木遺稿』東雲堂書店、一九一三（大正二）年五月。初出同上。詩稿ノート『呼子と口笛』に横書きで「1911.6.27.TOKYO」とある。

＊見よ――歌稿ノート「暇ナ時」に、短歌「見よ今日もかの青空の一方のおなじところに黒き鳥とぶ」（一九〇八年八月）がある。

＊かの――この詩は、「の」を十回繰り返すことで、一定の調子を生み出している。

＊蒼空――「蒼」の字をあてることで、「蒼天」「蒼穹」という漢詩的表現を連想させる。

＊たまに非番の日曜日――日曜日ですら出勤しなければならない給仕の、久しぶりの休み。

＊肺病やみ――啄木の母「かつ」は後に肺結核患者になり、啄木自身も同病で死亡した。

＊リイダア――語学の読本。当時受験競争は非常に厳しく、独習による合格の見込みは極めて低い。啄木は盛岡中学校在学中、ユニオン・リーダーの自修会ユニオン会を組織した。また、東京でドイツ語の独習をしている。

飛行機が日本の空を初めて飛んだのは、一九一〇年十二月十四日（十九日ではない）、代々木《よよぎ》練兵場が滑走路だった。啄木《たくぼく》は翌年四月二日「日曜日」の日記で、J・C・マースによる飛行興行の新聞記事に言及している。その後六月上旬にも、所沢《ところざわ》で飛行試験が行われた。「蒼空《あをぞら》」を高く舞う飛行機は、少年の夢や志の象徴である。五七調の第一連は、命令形や倒置法を駆使した文語調で格調高い。しかし第二連では、一転して厳しい現実が七五調の口語で描写される。少年は高等教育を受けられず、「給仕づとめ」というしがない仕事に甘んじざるを得ない。「母親とたつた二人の家」とあるから、母子家庭なのだろう。しかも、母親は「肺病やみ」だ。「せつせとリイダアの独学」をする努力が報われる可能性は、限りなく小さい。飛行機（理想）と貧しい給仕の生活（現実）との間には、大きな懸隔《けんかく》がある。にもかかわらず少年は、細りゆく自分の未来に絶望したわけではない。「眼の疲れ」をかかえながら、その瞳で上空を仰ぎ見る。手の届かない高さを行くこの近代文明の象徴に希望を感じ、切ない闘争心をかきたてられたのだろう。当時病臥《びょうが》していた啄木は、東京朝日新聞社への仕事復帰に積極的な見通しを持っていた。詩の明るさはここに由来する。『創作』掲載の連作「はてしなき議論の後」は、過去の悲哀を回想する構造を持つ。一方『呼子と口笛』では、未来志向の構想に改められた。「飛行機」はその末尾に位置する。

片恋

北原白秋

あかしやの金と赤とがちるぞえな。
かはたれの秋の光にちるぞえな。
片恋の薄着のねるのわがうれひ
「曳舟《ひきふね》」の水のほとりをゆくころを。
やはらかな君が吐息《といき》のちるぞえな。
あかしやの金と赤とがちるぞえな。

〔出典〕『東京景物詩及其他』東雲堂書店、一九一三（大正二）年七月。初出は『スバル』第二年第四号、一九一〇（明治四十三）年四月発行。初出総題「物理学校裏」。『東京景物詩及其他』に「四十二年十月」とある。

＊片恋——二葉亭四迷に、ツルゲーネフの小説の翻訳集『片恋』（一八九六年）がある。

＊あかしや——ニセアカシヤ。蒲原有明『有明集』「朱のまだら」に、「あかしや／枝さすひまびまを／まろがり／耀く雲の色。」とある。

＊ちるぞえな——与謝野鉄幹「花がちる」（一九〇六年）に、「花がちる、／あれ、花が／愛宕おろしにちるぞえな。」とある。

＊かはたれ——ここでは、まだ光ある夕暮れ。

＊薄着のねる——ネルはフランネルの略。柔らかい毛糸の織物。舶来品の心地よい肌ざわりが「薄着」の皮膚感覚を喚起する。歌集『桐の花』に「片恋のわれかな身かなやはらかにネルは着れども物おもへども」とある。

＊曳舟——墨田区の地名でもある。

東京を舞台として片思いの愁《うれ》いをうたった、五七五調の新俗謡詩。一種の江戸趣味と言える。しかし単なる懐古調ではなく、フランス象徴詩の清新な感覚が秘《ひそ》かに盛られている。「ぞえな」は、近世によく使われた表現で、水路を行く「曳舟《ひきふね》」も江戸情緒を連想させる。一方「片恋」には、近代的な事物も取り込まれている。「あかしや」は、都市街路樹として明治時代に移入されたもので、西洋的雰囲気を持つ新素材であった。あかしやの落葉の「金と赤」という官能的な色彩美は、「薄着のねる」の繊細な肌ざわりと共鳴している。秋の夕日に散る落葉という美意識からは、上田敏《うえだびん》訳『海潮音』のマラルメの詩「嗟嘆《といき》」の息吹《いぶき》が感じられる。マラルメの「落葉《らくえふ》の薄黄なる憂悶《わづらひ》」という表現は、「片恋」の「ちるぞえな」「金と赤」「わがうれひ」に響き、「いざよひの池水」は「水のほとり」へ、「いと冷《ひ》やき綾《あや》」は「薄着のねる」へと換骨奪胎《かんこつだったい》された。「梔子《くちなし》の光さす入日」は、「かはたれの秋の光」と匂い合う。また、同じく上田敏訳のアルベール・サマン「伴奏」には、「わが胸に吐息《といき》ちらばふ」とある。「君が吐息のちるぞえな」の発想の源泉となった翻訳詩である。

北原白秋《きたはらはくしゅう》は「片恋」について、「雪と花火余言」（一九一六年）で、「わが詩風に一大革命を惹《ひ》き起した」と述べ、「後来の新俗謡詩は凡《すべ》てこの一篇に萌芽して、広く且つ複雑に進展し」たと位置付けた。詩中ではア音カ音キ音ノ音が複雑に交錯《こうさく》し、快い響きを奏《かな》でている。

あかい夕日に

あかい夕日につまされて、
酔うて珈琲店《カツフエ》を出は出たが、
どうせわたしはなまけもの
明日《あす》の墓場をなんで知ろ。

北原白秋

〔出典〕『東京景物詩及其他』東雲堂書店、一九一三（大正二）年七月。初出未詳。『東京景物詩及其他』に「四十三年十月」とある。
＊あかい——北原白秋は赤や金といった豪奢な色彩を好んだ。「片恋」に、「あかしやの金と赤とがちるぞえな」とある。
＊珈琲店——メゾン鴻の巣は一九一〇年創業。『スバル』一九一二年五月号の広告に、「若（も）し皆さんが鴻の巣特有のカクテルやポンチを召上りながら二階の窓から江戸ばしや荒布橋（あらめばし）の方を御眺めになりますならば私共が常に憧憬（あこが）れて居る江戸の面影が眼の前にうつりませう」とある。木下杢太郎『食後の唄』（一九一九年）「序」に、「鴻の巣と云ふ酒場が出来た。まづまづ東京最初の Café と云つても可い家」とある。
＊明日の墓場——吉井勇「ゴンドラの唄」（一九一六年）に、「明日の月日の、ないものを」とあり、北原白秋「あかい夕日に」からの影響が推測される。

詩人の頽廃《たいはい》的、耽美主義的な価値観を、七五調四行でうたった新俗謡体の短詩。「夕日」の時刻に「酔うて」いるから、「わたし」は昼間から酒を飲んでいたことになる。

「つまされて」は、通常「身につまされる」などと使う。「わたし」は「あかい夕日」を見ているうちに、自分自身の乱脈な生活を反省する必要を感じ、カフェーを出る。しかし、たちまち投げやりな気持ちになり、「どうせわたしはなまけもの」と言いつつ、刹那《せつな》主義的な価値観を肯定するに至る。「明日《あす》の墓場をなんで知ろ」とは、明日どこでどのように死ぬのかなど知ったことではない、という意味である。

「珈琲店《カツフエ》」は、明治末年に誕生した飲食店。銀座にあった有名カフェーのライオン、プランタン、パウリスタが、いずれも一九一一（明治四十四）年の創業であることから、一九一〇（明治四十三）年十月作の「あかい夕日に」の舞台は、東京初のカフェーとも言うべきメゾン鴻《こう》の巣《す》であろう。日本橋《にほんばし》にほど近い小網町《こあみちょう》河岸《がし》のメゾン鴻の巣は、パンの会の人々に愛された。「あかい夕日に」の享楽的な姿勢は、青春の芸術的熱狂とも関連が深い。

なお、白秋《はくしゅう》「ビール樽」の一節に、「赤イ落日《イリヒ》ノナダラ坂」があり、『白秋小唄集』では「赤い夕日の」と訂正されている。詩人にとって「あかい夕日」は、「どうせわたしはなまけもの」「トメテモトマラヌモノナラバ」といった、自棄的感情を喚起するものであった。

自分は太陽の子である　――八月十一日

福士幸次郎

自分は太陽の子である
未だ燃えるだけ燃えたことのない太陽の子である
今口火をつけられてゐる
そろそろ煤《くす》ぶりかけてゐる
ああこの煙りが焔《ほのほ》になる
自分はまつぴるまのあかるい幻想にせめられて止《や》まないのだ

〔出典〕『太陽の子』洛陽堂、一九一四（大正三）年四月。初出未詳。『現代詩人全集』第十巻、新潮社、一九二九（昭和四）年十二月、で「私は太陽の子である」と改題。
＊自分――武者小路実篤や千家元麿などの白樺派は、一人称「自分」を好んで使用した。白樺派は、個性の発露によって人生を充実させ、人類に貢献できると楽天的に考えた。「自分は太陽の子である」には、白樺派的理想主義が顕著に見られる。しかし、福士幸次郎は白樺派のような資産家子弟ではなかった。
＊太陽の子――作中四回反復される言葉。超越的存在から特別な使命を託された者という、強烈な自負心が見られる。弘前に生まれた福士幸次郎には、南の国への強い憧れがあった。
＊口火――火縄銃に点火するための火。
＊まつぴるま――福士幸次郎の「詩に就て独断」に、「自分は日常の詩を書きたい。大道まつぴるまの詩を書きたいと思ふ」とある。
＊幻想――詩人にとって幻想は、浅ましい日常を詩的な高みに浮揚させる原動力だった。
＊せめられて――体の底から湧きあがる、や

明るい白光《びやつくわう》の原つぱである
ひかり充ちた都会のまんなかである
嶺《みね》にはづかしさうに純白な雪が輝く山脈である

自分はこの幻想にせめられて
今燻《くすぶ》りつつあるのだ
黒いむせぼつたい重い烟《けむ》りを吐《は》きつつあるのだ

ああひかりある世界よ
ひかりある空中よ

ああひかりある人間よ
総身眼のごとき人よ
総身象牙彫《ざうげぼり》のごとき人よ
怜悧《りこう》で健康で力あふるる人よ

むにやまれぬ感情の高まり。
＊白光――まばゆく輝く太陽光。「白光」「純白な雪」が、「黒い」烟りと対比されている。
＊都会のまんなか――都会への憧れがみられる。福士幸次郎は満十五歳で上京した。『詩歌』一九一四年一月号に発表された高村光太郎の詩「よろこびを告ぐ」に、「太陽のかがやく大道のまつただ中に奇蹟は起つた」とある。両者は、白樺派的な理想主義を共有。
＊山脈――高く堂々たる山の姿に、自己の理想像を託したもの。
＊むせぼつたい――福士幸次郎の造語。むせっぽく、厚ぼったいという意味。
＊総身――全身。
＊眼のごとき人――「怜悧」で賢い人物。
＊象牙彫のごとき人――白く美しく輝くような人物。次行の「健康で力あふるる」に対応。
＊水ぼつたい――水っぽく湿った。「むせぼつたい」と同様、否定的なものの形容。
＊じめじめした所――福士幸次郎は、一九〇九（明治四十二）年に「自分の生涯の最初の破綻」を経験している（『太陽の子』「自序」）。

自分は暗い水ぼつたいじめじめした所から産声をあげ
たけれども
自分は太陽の子である
燃えることを憧れてやまない太陽の子である

失恋が主な原因だが、詳細は不明である。詩人は一九一〇（明治四十三）年、寄寓していた佐藤紅緑の家に置手紙を残して出奔、徒歩で名古屋へ行き、築港作業の土方の群に入る。しかし、重労働がたたって脚気になり、東京の兄民蔵宅に帰った。
＊燃えることを憧れてやまない――福士幸次郎は、一九一二（大正元）年十一月頃、「突如として生の勢のよい『発生』を感じた」。「自序」にはさらに、「自分は新しく生きる。新しく育つ。（中略）そして自分は幾度か自分で叫んだ声で自分を励まされてその新生（ニウ・バアアス）の年（大正二年）を送つた。自分は太陽の子である。如何なる奈落の底へ落ちてもあの燃え上る空中の偉大崇厳な火の円球を憧れてやまない」とある。

恵まれない生い立ちや環境の中にありながらも、自己を太陽のように燃焼させ、充実した生き方をしたいという切実な願望を述べた作品。詩には一種の理想主義が見られる。

一九〇九（明治四十二）年の暮、福士幸次郎《ふくしこうじろう》は激しい失恋を経験し、深い絶望に陥《おちい》った。「暗い水ぼつたいじめじめした所」、そのどん底からの蘇《よみがえ》りの感覚が、この作品に託されている。一九一三（大正二）年八月十一日、詩人は詩「太陽崇拝」を書き、続いて「自分は太陽の子である」を作った。季節は、太陽が最も力強く輝く夏の盛りであった。

第一連において、自分を「太陽」ではなく、「太陽の子」としたところに、詩人の未来への憧憬がうかがえる。第二連の火縄銃の連想を受け、第三・四連では「焔《ほのほ》」「まつぴるま」「白光《びやつかう》」「ひかり」「輝く」と、燦然《さんぜん》たる光が満ち溢《あふ》れる。第五連は一転して現実に戻り、「重い烟《けむ》りを吐きつつある」暗い激情を示す。第六連以降は感情を高揚させ、「ああ」という詠嘆や「ごとき」「あふるる」といった文語体をも用いながら、切なく明るい希望をうたい上げている。詩人が求めているのは、「怜悧《りこう》で健康で力あふるる」理想的な人間像である。

この限りない明るさは、重苦しく暗澹《あんたん》たる人生の中で空想された光明の世界と言えよう。語り手は「この幻想にせめられ」、「燃えることを憧れてやまない」。なお、『現代詩人全集』には「大正二、八、二、深川浄心寺裏寓居」とあるが、「二」日は「一一」日の誤植。

根付《ねつけ》の国

高村光太郎

頬骨《ほほぼね》が出て、唇が厚くて、眼が三角で、名人三五郎の
　彫《ほ》つた根付の様な顔をして
魂をぬかれた様にぽかんとして
自分を知らない、こせこせした
命のやすい
見栄坊な
小さく固まつて、納まり返つた
猿の様な、狐の様な、ももんがあの様な、だぼはぜの
　様な、麦魚《めだか》の様な、鬼瓦の様な、茶碗のかけらの
　様な日本人

［出典］『道程』抒情詩社、一九一四（大正三）年十月。初出は『スバル』第三年第一号、一九一一（明治四十四）年一月発行。初出総題「第二敗闕録」。初出に「（四三、十二月十四日）」、『道程』に「（十二月十六日）」とある。

＊根付——印籠等の紐につける、携帯ストラップのような細工物。独創的デザインに富む。

＊名人三五郎——卑俗で安易な制作姿勢を印象づける架空の人物名。『現代詩人全集』（一九二九年）収録に際し、吉村周山（生没年未詳）を指す「名人周山」と改稿された。

＊猿——父光雲の代表作に《老猿》（一八九三年）がある。「鬼瓦」も彫刻の一種。詩人は帰朝後、日本人少女の醜さを短歌に詠った。

＊ももんがあ——ムササビに似た動物。夏目漱石『坊つちやん』に、「香具師（やし）の、モモンガーの、岡つ引きの、わんわん鳴けば犬も同然な奴」とある。肉体的特徴列挙の手法をホイットマンの影響とする説もある。

＊だぼはぜ——非食用の小型のハゼ類。蔑称。

一九〇九（明治四十二）年にヨーロッパ留学から帰国した高村光太郎《たかむらこうたろう》が、母国を自嘲的に罵倒《ばとう》した作品。西洋を絶対的価値基準と信じる語り手は、あたかも日本の外に立っているかの如き口吻《こうふん》を洩《も》らしている。祖国への容赦なき痛罵《つうば》は、詩人の自己嫌悪でもあった。ロダンを崇拝し、西洋の偉大な芸術を理想とする彫刻家高村光太郎にとって、根付《ねつけ》のような細工物は、日本の伝統の卑小《ひしょう》さを示す証拠と映った。「根付の国」という表現には、スケールの小さい作品しか生み出さなかった日本という、劣等国意識が投影されている。

光太郎は、「珈琲店《カフエ》より」（一九一〇年）で、「ああ、僕はやっぱり日本人だ。JAPONAIS だ。MONGOL だ。LE JAUNE だ」と述べている。詩「パリ」（『典型』一九五〇年）にも、「日本の事物国柄の一切を／なつかしみながら否定した。」とある。しかし、西洋人コレクターが日本の根付を非常に愛好し熱心に蒐集《しゅうしゅう》していた事実は、皮肉と言うほかない。

「根付の国」は、全ての言葉が末尾の「日本人」を形容する特異な文法構造を採っている。この手法は、近世罵倒言葉の伝統を継承している。「命のやすい」「見栄坊な」江戸っ子的価値観を否定する表現が、江戸風の悪口《あっこう》羅列であることも、実に皮肉である。一方この作品に関しては、アメリカの詩人ホイットマンの詩「世界万歳！（Salut au Monde!）」や、与謝野晶子の母国嘲笑詩「或国《あるくに》」（一九〇二年）に刺激を受けたとする指摘がある。

冬が来た

高村光太郎

きつぱりと冬が来た
八つ手の白い花も消え
公孫樹《いてふ》の木も箒《はうき》になつた

きりきりともみ込むやうな冬が来た
人にいやがられる冬
草木に背《そむ》かれ、虫類に逃げられる冬が来た

冬よ
僕に来い、僕に来い
僕は冬の力、冬は僕の餌食《ゑじき》だ

〔出典〕『道程』抒情詩社、一九一四（大正三）年十月。初出は『我等』第一年第一号、一九一四（大正三）年一月発行。初出総題「詩数篇」。『道程』に「（十二月五日）」とある。

＊きつぱりと――過去の行きがかりを断ち切る意志が示されている。この断絶のイメージから、最終行の「刃物」が導き出された。

＊八つ手――冬の季語。ウコギ科の常緑灌木で、黄白色の小さな花を咲かせる。

＊箒――落葉したイチョウの比喩であると同時に、過去を掃き捨てるイメージを重ねた。

＊きりきりともみ込む――木彫の連想。詩「泥七宝」に、「きりきりと錐をもむ」とある。

＊いやがられる――「背かれ」「逃げられる」と、被害を表す受身形を多用している。

＊冬よ――『道程』では呼びかけ法が多用されている。「道程」にも「ああ、自然よ／父よ」とある。「父」「冬」などの力あるものを、自分の中に取り込みたいという願望の表明。

＊僕は冬の――「冬は僕の」でない点に注意したい。僕と冬との一体感が印象付けられる。

しみ透れ、つきぬけ
火事を出せ、雪で埋めろ
刃物のやうな冬が来た

＊力――同日執筆の詩「よろこびを告ぐ」に、「彼処（かしこ）に今いさましく新しき力湧けり」「この力は今小さいが、生（いのち）ある者は伸びずには居ない」とある。
＊しみ透れ――「冬よ／僕に来い」とあるから、「冬」が「僕」にしみ透ることを求めていると解釈できる。冬が凶暴であればある程、語り手自身の力も強いことになる。
＊つきぬけ――他動詞「突き抜く」の命令形。「冬」が「僕」を突き抜くことを望んでいる。詩ここから「刃物」へと連想がつながる。詩「冬の詩」に、「つきぬけ、やり通せ」とある。
＊火事を出せ――関東地方では、冬場に空気が乾燥し、火事が多く発生する。
＊刃物――彫刻刀は高村光太郎の仕事道具でもあった。「八つ手」「公孫樹」「草木」の木、「火事」の火、「埋めろ」の土、「刃物」の金、「しみ透れ」「雪」の水と、詩には五行の全要素が出揃っている。

人生に立ち向かう強靭《きょうじん》な意志を、冬に託して高らかに謳《うた》った口語自由律詩。「来い」「出せ」「埋めろ」等、願望を表す命令形を多用し、冬と一体化する姿勢が明確に示されている。詩は、冬の力を体内に取り込むイメージを繰り返す。「きりきりともみ込む」「餌食《ゑじき》」「しみ透れ」「つきぬけ」がこれに相当する。「冬よ／僕に来い」「僕は冬の力」とあるように、語り手は冬の鋭さを内面化し、自己鍛錬《たんれん》を通して充実した生を実現したいと願っている。

音韻《おんいん》面では、前半部分に「きつぱり」「来た」「消え」「木」「きりきり」など、厳しさを連想させるキ音が多い。また、「冬よ」「冬は僕の餌食だ」「火事を出せ」などの短い文を連続させることにより、断固たる決意を効果的に表現している。「冬が来た」の四回のリフレインや、各連三行という簡潔な形式も、作品の内容とよく響き合っている。

この詩の背景には、長沼智恵子《ながぬまちえこ》との出会いがあった。一九一三（大正二）年九月、二人は上高地《かみこうち》に一か月ほど滞在し婚約する。これが詩人の転機となった。「智恵子の半生」には、智恵子とめぐりあうことにより、「以前の頽廃《たいはい》生活から救ひ出される事が出来た」とある。『道程』によれば、「冬が来た」が書かれたのは、婚約後間もない一九一三年十二月五日であり、これから厳冬を迎えようという季節だった。高村光太郎《たかむらこうたろう》には冬の詩が多く、他に「冬が来る」「冬の詩」「冬の言葉」「冬の奴」などがある。一方で、詩人は夏が苦手だった。

道程

高村光太郎

僕の前に道はない
僕の後ろに道は出来る
ああ、自然よ
父よ
僕を一人立ちにさせた広大な父よ
僕から目を離さないで守る事をせよ
常に父の気魄を僕に充たせよ
この遠い道程のため
この遠い道程のため

［出典］『道程』抒情詩社、一九一四（大正三）年十月。初出は『美の廃墟』第六号、一九一四年三月発行。『道程』に「（二月九日）」とある。

＊自然——光太郎が心酔したロダンは、「自然」の理法に学んだ彫刻家。ロダンの影響で「自然」を絶対化しており、やや観念的である。光太郎訳『ロダンの言葉』（一九一六年）に、「此（これ）〔自然〕こそわれわれの大きな唯一の何につけてもの学校だ」とある。

＊父——父高村光雲（一八五二〜一九三四）は、皇居前の楠木正成像や上野公園の西郷隆盛像を制作した著名な彫刻家。光太郎は父親の功利的姿勢を否定し、新たな精神的父ロダンの言う「自然」を絶対視した。「自然」が「僕を一人立ちにさせた」と考える所以。

＊父の気魄——高村光雲『幕末維新懐古談』（岩波文庫）に、「互いに劣るまい、負けまいと、少しの遠慮会釈もなく、仕事本位の競争をし」たとある。光雲は気魄の人だった。

人生の志を述べた詩。「道」は、人生の象徴であろう。冒頭の二行には開拓者としての自信と気概《きがい》が表現されており、詩人は未来への展望を持ち、意欲に燃えている。

しかしながら、「道程」は致命的な矛盾を抱えている。第一に、父が「僕を一人立ちにさせた」という使役形そのものが、「一人立ち」という言葉と相容《あいい》れない。第二に、「守る事をせよ」と父に保護を依頼し、「気魄を僕に充たせよ」と、精神的に父に依存している。

ここで「父」は「自然」を意味するにしても、高村光太郎《たかむらこうたろう》が無意識裡《り》に同じく彫刻家であった父高村光雲《こううん》にいかに寄りかかっていたかは明らかだ。実際、この詩の「一人立ち」は観念的自立にすぎなかった。詩人は父親のお金で『道程』を出版し、親の資金で建てた立派なアトリエに住み続けた。

高村光太郎の父性依存症は根深い。彼は常に、絶対的価値を保障する大いなる存在を必要とした。それはロダン崇拝、自然讃美、個性の絶対化、芸術至上主義から智恵子《ちえこ》礼讃《らいさん》へと移り、戦時中には天皇陛下の神格化がこれに代わった。精神構造は全く変わっていない。この詩からは、詩人の情熱のみならず、この人物の心理傾向をも読み取ることができる。

なお、自然を理想化する「道程」には、詩人ホイットマンや彫刻家ロダンの影響が見られる。初出では全一〇二行の長詩だったが、詩集収録の際に末尾七行を残し改稿した。

薔薇二曲

北原白秋

一

薔薇ノ木ニ
薔薇ノ花サク。

ナニゴトノ不思議ナケレド。

二

薔薇ノ花。
ナニゴトノ不思議ナケレド。
照リ極マレバ木ヨリコボルル。
光リコボルル。

［出典］『白金之独楽』金尾文淵堂、一九一四（大正三）年十二月。初出未詳。
＊薔薇——花弁を複雑に重ねて咲く造形の見事な花。画数の多い漢字表記「薔薇」によって、視覚的焦点化が行われている。なお、ドイツの詩人アンゲルス・シレジウス（Angelus Silesius、一六二四〜一六七七）の『シレジウス瞑想詩集』二八九「薔薇はなぜという理由なしに咲いている。薔薇はただ咲くべく咲いている。」からの影響が推測されている。
＊二曲——造花の妙を高らかに歌い上げる意図から、「曲」という音楽的題名を導入。
＊光リコボルル——仏教的光明。法悦の光。『白金之独楽』「掌」に、「光リカガヤク掌ニ／金ノ仏ゾオハスナレ」、「水面」に「麗ラカヤ十方法界、／光耀（カガヤキ）ノフカサヤ」とある。白秋は、一九一一（明治四十四）年に発見され翌年刊行された、『梁塵秘抄』の影響を受けた。『梁塵秘抄』法文歌に、「仏性真如の清ければ、いよいよ光ぞ輝ける」とある。

科学的説明では腑《ふ》に落ちない、命の営みの不思議さを表現した作品。バラの木にバラの花が咲くのは当然だが、詩人にはそれ自体が驚きである。「不思議ナケレド」には、やはり不思議だという言外の意が含まれている。自然の摂理に、北原白秋《きたはらはくしゅう》は心を深く動かされた。

一九一二（明治四十五）年七月、白秋は隣家の主婦松下俊子との姦通《かんつう》罪で、市ヶ谷《いちがや》未決監に拘留された。またこの時期、柳川《やながわ》の実家が巨額の債務で実質的に破産している。その後も波乱に満ちた生活が続き、ついに一九一四（大正三）年八月には俊子とも別れる。動揺する心を何とか慰《なぐさ》めようと眼にしたバラには、確固たる自然の理が静かに宿っていた。心の弱った詩人は、改めて造化《ぞうか》の妙に驚嘆し、生き続けてゆく力を得たのだった。

詩は五音と七音のみで構成されている。しかし、その組み合わせは複雑で、決して流麗なリズムを生むことはない。また、片仮名表記は、一語一語をしっかり読者に伝える役割を果たし、宗教的光明の世界を導入する上で効果を発揮している。主に記録文に使われた漢字片仮名混じり文は、植物をじっと見つめるこの詩の性格と響き合っている。

「白金之独楽《こま》奥書」に、「殆《ほとんど》皆《みな》最近三日三夜ノ制作ニ成ル」とあり、「薔薇二曲」も一九一四年十一月の創作と思われる。白秋は『芸術の円光』（一九二七年）で、「この驚きを驚きとする心からこそ宗教も哲学も詩歌も自然科学も生れて来る」と述べている。

ビール樽

北原白秋

コロガセ、コロガセ、ビール樽、
赤イ落日《イリヒ》ノナダラ坂、
トメテモトマラヌモノナラバ
コロガセ、コロガセ、ビール樽。

［出典］『白金之独楽』金尾文淵堂、一九一四（大正三）年十二月。初出未詳。『白金帖』第一巻第一集、一九一五（大正四）年一月発行、及び『白秋小唄集』アルス、一九一九（大正八）年九月、に平仮名で再録。
＊ビール樽――ビール自体が陶酔をもたらすものである。逆境にあっても、詩歌という美的耽溺の世界に執心した白秋の姿勢に通じる。詩の制作時期は不明だが、確信的誘惑者松下俊子の性的魅力に引きずられていった、一九一二年の収監直前の作品と仮定すると、「ビール樽」は女の魔力の象徴と解釈できる。不倫の愛の行く末が身の破滅であることを予想しながらも、そこから逃れることができないと悟り（「トメテモトマラヌモノナラバ」）、却って自ら進んで（「コロガセ、コロガセ」）悲劇的結末に向かって行ったことになる。
＊赤イ――飲酒または性的官能の陶酔感。
＊トメテモトマラヌ――詩「野晒」（『白金之独楽』）に、「トメテトマラヌ煩悩ノ」とある。

退廃的で投げやりな感情を転げ落ちるビール樽に託した、準七五調の四行詩。軽快なリズムを持つ一方で、なるようになれとでもいった一種の諦念《ていねん》が表れている。

樽が坂を転落してゆくという発想には、詩人自身の境遇が反映している。一九〇九（明治四十二）年十二月の生家の破産、一九一二（明治四十五）年の松下俊子との不倫による市《いち》ケ谷《がや》未決監収容、さらには釈放後の自殺願望などが、自暴自棄的な感覚を呼び覚ました。しかし北原白秋《きたはらはくしゅう》は、詩の創作を継続し、自己の美的世界を作り上げていったのである。

命令形「コロガセ」が四回繰り返されることで、やけっぱちな心情が巧みに表現されている。「落日《イリヒ》」という漢字表記は、没落、凋落《ちょうらく》、転落といった連想を生み、詩の主調と響き合う。一方「ナダラ坂」は、急坂とは異なり、下降してゆく状態が際限なく続くという点で、「ビール樽」の捨て鉢な雰囲気にふさわしい語彙の選択であると言えよう。

詩集『白金之独楽《こま》』の片仮名表記について、北原白秋は、「素朴ナル我ガ言葉ハマタ自カラ片仮名ニテ綴《ツヅ》ラレヌ、イカムゾ奇ヲ衒《テラ》ハンヤ、ヤムベカラザリツレバナリ」（「白金之独楽奥書」）と述べている。素朴さの強調が、自然と片仮名表記となったものである。ところが、五年後の『白秋小唄集』収録に際し、片仮名が平仮名に改められ、二行目が「赤い夕日の」と変更された。なお、橋本国彦《はしもとくにひこ》が「ビール樽」に明るい調子の曲をつけている。

風景

純銀もざいく

山村暮鳥

いちめんのなのはな
いちめんのなのはな
いちめんのなのはな
いちめんのなのはな
いちめんのなのはな
いちめんのなのはな
いちめんのなのはな
かすかなるむぎぶえ
いちめんのなのはな

［出典］『聖三稜玻璃』にんぎよ詩社、一九一五（大正四）年十二月。初出は『詩歌』第五巻第六号、一九一五年六月発行。

＊純銀――「ひるのつき」を指す。黄色い菜の花に通じる「純金」ではない点にも注目したい。他の解釈として、「銀」を金属製活字の言い換えと考えることもできよう。この場合、「純銀もざいく」は、金属製活字を組むことで描かれた「もざいく」画と解されることになる。「純」粋な活字の実験。

＊もざいく――この詩自体が言葉によるモザイクであり、色彩のモザイクでもある。その最小構成要素たる各ピースは、文字で、平仮名で、あるいは一本の菜の花で作られている。視覚芸術たる「もざいく」を副題に取り入れていること自体、この詩の視覚的性格を表す。

＊いちめんの――「いちめんのなのはな」の九文字が各連で八回繰り返されているのは、一連を九文字×九行の正方形にする工夫。活字の視覚的効果を活用する技法を、山村暮鳥は翻訳を通じて学んだ。詩人は、『秀才文壇』一九一五年一月号で、フランスの作家ジュー

いちめんのなのはな
いちめんのなのはな
いちめんのなのはな
いちめんのなのはな
いちめんのなのはな
いちめんのなのはな
いちめんのなのはな
ひばりのおしやべり
いちめんのなのはな

いちめんのなのはな
いちめんのなのはな
いちめんのなのはな
いちめんのなのはな
いちめんのなのはな

ル・ルナール（Jules Renard、一八六四〜一九一〇）の「蟻」を翻訳している。「どの蟻の形貌（かたち）も3に似てゐる。／そうだ。／そこに3333333333――永遠無極に。」とある。「風景」の発想源であろう。萩原朔太郎は「ノート五」で、この一行が平仮名表記であることについて、「「いちめんのなのはな」といへば、限りなき憂鬱のしとやかさをもつた春景雨情の類がリズミカルに表現される。之れに反して「一面の菜の花」といへば、さうした春の風景が観念的に印象されるばかりであつて、言葉のもつ音楽の美しさとかリズムとかいふものは、まるでどこにも流れては居ない」と評している。

＊なのはな――与謝蕪村「菜の花や月は東に日は西に」が連想される。暮鳥晩年の自然没入、自然との一体感へつながる作品。平仮名表記が、春の穏やかなイメージと響き合っている。「なのはな」にはア段の平仮名が三文字含まれており、明るい音を生み出している。

＊かすかなる――文語表現。「やめるはひるのつき」と同様、弱くはかなげな印象。「か

いちめんのなのはな
いちめんのなのはな
やめるはひるのつき
いちめんのなのはな。

すかなるむぎぶえ」「ひばりのおしやべり」「やめるはひるのつき」は、平仮名表記になっている。そのためこれらは、一面の菜の花の風景に違和感なく溶け込み、調和している。

＊むぎぶえ――麦の茎で音を出すもの。

＊ひばり――菜の花畑という水平的視点から、一瞬だけ垂直方向に視野が広がる。「むぎぶえ」「ひるのつき」などからも、晴天であることがわかる。この行は口語になっている。

＊やめる――文語表現。萩原朔太郎『月に吠える』の、初出雑誌からの影響が推測される。

＊ひるのつき――生命力の低下を暗示する。力に満ちた菜の花の強烈な黄色と好対照をなす。季語に「昼月」がある。ただし秋季。

＊はな。――末尾の句点からは、「どうだ」と言わんばかりの詩人の実験意欲が感じられる。

何よりも印象的なのは、平仮名の反復による文字の視覚的効果である。「いちめんのなのはな」が二十四回繰り返されることで、黄色い菜の花畑の広大さが感じられる。詩集『聖三稜《せいさんりやう》玻璃《はり》』（「三稜玻璃」はプリズムの意）について暮鳥《ぼちょう》は、「文壇乃至《ないし》思想界のために、ばくれつだんを製造してゐる」（一九一五年九月十五日付小山義一宛書簡）と述べている。自信たっぷりの実験的作品だった。日夏耿之介《ひなつこうのすけ》は、「単に奇巧をてらつて素人威かしをした」（『明治大正詩史』）と批判、萩原朔太郎《はぎわらさくたろう》は逆に、「幾何学的なる自然の立体図案であって、絵画におけるキュービズムの精神と通ずる」（『詩論と感想』）と評価した。

斬新な技法以外、内容にも注目すべき点がある。副題「純銀もざいく」とは何だろうか。詩に登場する唯一の銀色は、「ひるのつき」である。景色の焦点は菜の花ではなく、「やめる」「ひるのつき」にある。一方、聴覚に訴える「かすかなるむぎぶえ」「ひばりのおしやべり」が脇役にすぎないことは、題名「風景」自体が視覚を意味することからも明らかだ。

この詩の中で、一応の文構造を持っているのが、「やめるはひるのつき」のみであることにも注意したい。生命力が横溢《おういつ》する春の田園風景の中で、所在なく空中に浮かぶ、生気に欠けた白い月。「ひるのつき」には、詩人自身の心象が投影されている。日中の月に対する「やめる」という形容は、一九一八（大正七）年の結核による病臥《びょうが》療養を予感させる。

竹

萩原朔太郎

光る地面に竹が生え、
青竹が生え、
地下には竹の根が生え、
根がしだいにほそらみ、
根の先より繊毛《せんもう》が生え、
かすかにけぶる繊毛が生え、
かすかにふるえ。

かたき地面に竹が生え、
地上にするどく竹が生え、
まつしぐらに竹が生え、

〔出典〕『月に吠える』感情詩社・白日社出版部、一九一七（大正六）年二月。初出は『詩歌』第五巻第二号、一九一五（大正四）年二月発行。初出に「大正四年元旦」とある。
＊竹――新年の縁起物。日本的イメージを意識的に使用した。草稿「愛国詩論」（「ノート二」）に、「日本人の象徴生活を代表するものに、松竹梅亀及び富士の霊峰」とある。
＊光る地面――新年の曙光を浴びて光る地面。凍った「かたき地面」にそびえる竹の力強さを強調する。竹も光沢を持つ。萩原朔太郎は「光とは詩である」（「光の説」）と述べ、静的な色ではなく動的な光を重視した。運動を表す動詞は、朔太郎作品を読み解く鍵である。
＊生え――語り手の意志を表現するキーワード。動詞「生える」は全て連用形になっており、終止形は一切使われていない。これによって作者は、竹が「生え」、根が「ほそらみ」という両方向の運動が、今まさに進行しつつあることを強調している。また、「生え」を十回反復することで詩に快活なリズムを生み出し、竹があちこちに林立する姿を表した。

凍れる節節《ふしぶし》りんりんと、
青空のもとに竹が生え、
竹、竹、竹が生え。

萩原朔太郎は『月に吠える』の様々な作品で、連用形を多用する実験的な試みを行っている。

＊繊毛——通常「せんもう」と読む。「竹」「根」「生え」「ふるえ」のエ音韻を生かし、「わたげ」と読むべきとする説もある。

＊ふるえ——動詞「ふるへる」は、恐れの感情を表現するキーワード。『月に吠える』では、「やさしい感情にふるへてゐる」「ふるへる、わたしの孤独のたましひよ」等の用例がある。「生え」に合わせて「ふるえ」とした。

＊まつしぐらに——竹の運動を表現する動的イメージ。静態的な「まっすぐ」ではない。

＊凍れる節節——ここから冬と判断できる。

＊りんりんと——凛凛と。語り手の気骨を示す。音の響きを重視し、敢えて平仮名にした。

＊青空——二行目の「青竹」と響き合う。

＊竹、竹、竹——漢字と句点によって、竹の絵を描いたような視覚的効果を生んでいる。

竹に託して詩人の精神世界を語った作品。上昇する竹と下降する根が対照的に描かれている。一九一二年五月十六日付津久井幸子宛書簡には、「生を憧憬する心と、生をいとふ心と此《こ》の二つの矛循が何時《いつ》まで私の心で戦をつゞけて居るのであろう、私は何時も明るい方へ明〔るい方〕へと手をのばして悶へながら却《かへ》つて益々《ますます》暗い谷底へ落ちて行く」とある。

一・二行目で、伸びあがる竹の健康的な意志を示した語り手は、一転して地下へと眼を向ける。直線的な青竹に対し、根は曲線的であり、力強い地上の竹に対し、根や繊毛《せんもう》は「しだいにほそらみ」「かすかにけぶる」「かすかにふるえ」と、繊細でやや病的な面を持つ。

地上と地下には、明確な対比がある。明に対する暗、光に対する闇である。天へと伸びてゆく「竹」は、詩人の生を象徴している。竹が青空に向かって高くなる一方で、生を厭《いと》う根は、地中深く沈みこんでゆく。「かすかにけぶる繊毛」は、人体を走る神経を連想させる。『月に吠える』「序」には、「詩とは感情の神経を摑《つか》んだものである」ともある。

初出では冒頭に、「新光あらはれ、／新光ひろごり。」の二行があり、末尾に「大正四年元旦」という付記が添えられていた。もともとは新年の決意を述べる作品だったことがわかる。また初出第四連に、「祈らば祈らば空に生え、／罪びとの肩に竹が生え。」とあった。しかし、詩の解釈を狭《せば》めかねない浄罪《じょうざい》という設定は、『月に吠える』では削除された。

蛙の死

萩原朔太郎

蛙が殺された、
子供がまるくなつて手をあげた、
みんないつしよに、
かわゆらしい、
血だらけの手をあげた、
月が出た、
丘の上に人が立つてゐる。
帽子の下に顔がある。

〔出典〕『月に吠える』感情詩社・白日社出版部、一九一七（大正六）年二月。初出は『詩歌』第五巻第六号、一九一五（大正四）年六月発行。『月に吠える』に「幼年思慕篇」とある。
＊蛙——詩「蛙よ」に、「蛙よ、／わたしの心はお前から遠くはなれて居ない、」とある。
＊まるくなつて——罪のない子供の遊び。蛙殺害の共犯性・無自覚性を暗示する。
＊手をあげた——万歳を唱えているのだろうか。しかし、無音である。
＊かわゆらしい——「かわいらしい」よりも、幼さや無邪気な残忍さが強調される。
＊月が出た——時間の経過が見られる。東の空に低く浮かぶ、大きく不気味な丸い月。
＊丘の上——平地の「子供」とは異質な空間。
＊立つてゐる——一・二・五・六行末は「た」、末尾二行末は「る」と、表現の相が異なる。
＊帽子——刑事や探偵のイメージ。逆光で顔は良く見えないと想像される。

幻想的なイメージによって人間の不気味さを表現した、探偵趣味の作品。深層心理に訴える生理的な恐怖感が「蛙の死」の主眼。子供は無邪気であるだけにいっそう残酷である。詩は事実を淡々と記すばかりで、その因果関係は全く説明されていない。読者はあたかも探偵のように、蛙殺害の動機や、丘の上に立つ謎の目撃者について考えざるを得ない。「蛙の死」が書かれた一九一五年頃、萩原朔太郎《はぎわらさくたろう》は探偵趣味に凝《こ》っていた。この時期には、「殺人事件」「酒精中毒者《よっぱらひ》の死」「干からびた犯罪」といった同系統の作品がある。

蛙は、立場の弱い者の象徴であろう。「みんないつしよに」という一節から、読者は、蛙殺しが多数の子供たちによる共同犯罪であることを知る。ところが子供らは「かわゆらしい」手をしており、自分たちが加害者であることに無自覚である。蛙は、無意識の犯罪行為によって命を奪われたのである。この詩には、故郷の人々に変わり者として迫害され続けた萩原朔太郎の、複雑な恐れの感情が、秘《ひそ》かに投影されている。

技法に眼を転じると、末尾の二行が対句になっている。「丘の上」「帽子の下」、「人が」「顔が」、「ゐる」「ある」がそれぞれ対応する。またこの作品には、視点の遠近法的な移動が見られる。前景の子供たちから、遠景の「月」を経て、中景の「人」へと移ってゆく。なお、詩の末尾に「幼年思慕篇」とあり、幼少時の記憶に取材した作品と考えられる。

猫

萩原朔太郎

まつくろけの猫が二疋《ひき》、
なやましいよるの家根《やね》のうへで、
ぴんとたてた尻尾《しつぽ》のさきから、
糸のやうなみかづきがかすんでゐる。
『おわあ、こんばんは』
『おわあ、こんばんは』
『おぎやあ、おぎやあ、おぎやあ』
『おわああ、ここの家の主人は病気です』

〔出典〕『月に吠える』感情詩社・白日社出版部、一九一七（大正六）年二月。初出は『アルス』第一巻第二号、一九一五（大正四）年五月発行。初出に「二五、四、一〇」とある。

＊まつくろけの猫——一九一四年、添田唖蝉坊（あぜんぼう）の「まっくろけ節」が流行した。冒頭四行は文法的に不整合で、精神の統合に不調を来している様子が連想される。

＊二疋——オスとメスか。

＊家根——萩原朔太郎の好んだ表記法。「屋根」ではなく、敢えて「家根」とした。

＊尻尾のさき——男性性器を暗示する。

＊糸のやうな——病んだ神経を連想させる比喩。「神経」「毛」「根」に通じるイメージ。

＊みかづき——意図的平仮名表記。初出の副題「光るもの」は、三日月のことだろう。

＊おわあ——オアアと続く母音配列が、「こんばんは」に通じる。「おぎやあ」も同様。

＊ここの家の主人——当時朔太郎は未婚の実家暮らしだった。最終行にはオ母音が多い。

二十代後半で独身の萩原朔太郎《はぎわらさくたろう》が、さかりのついた猫に託しつつ性欲の苦悩を語った作品。出口の見えない青春期の苛立《いらだ》たしい感情や、病気で憔悴《しょうすい》した心境が、巧みに表現されている。詩人は、一九一四年末から神経症やインフルエンザを患《わずら》い、病臥しがちであった。「なやましいよる」「ぴんとたてた尻尾《しっぽ》」は、猫の慾情の高まりを示す。「おわあ」「おわああ」という凄《すご》みのある鳴き声には、性の苦しみが籠《こも》っている。特に擬音語「おぎやあ」が三回反復される七行目は、言葉にならない呻《うめ》き声そのものである。これに対し、猫の会話「こんばんは」はいかにも礼儀正しく、両者の取り合わせにユーモアが感じられる。

一方、「糸のやうなみかづき」は、生命力の低下した「病気」の「主人」の姿と共鳴している。「みかづき」の脇に振られた傍点は、この言葉に特別な注意を払ってほしいという願望の表明であろう。三日月は「かすんで」おり、主人の今後の見通しが曖昧《あいまい》な状態にあることを物語っている。屋根の上の猫は、「ここの家の主人は病気です」と、この男を嘲笑し、憐れんでいるように思われる。満たされない青春の性欲自体が、「病気」なのである。

萩原朔太郎は、「生暖い春夜の病的幻想と心理であつて、猫の薄気味の悪い鳴き声を録音的に入れることで、感覚上に怪談めいた効果を出さうとした」（「詩の音楽作曲について」）と述べている。なお、初出には「—光るものは屍臘《しらふ》の手—」という意味未詳の副題がある。

田舎を恐る

萩原朔太郎

わたしは田舎をおそれる、
田舎の人気《ひとけ》のない水田の中にふるへて、
ほそながくのびる苗の列をおそれる。
くらい家屋の中に住むまづしい人間のむれをおそれる。
田舎のあぜみちに座つてゐると、
おほなみのやうな土壌の重みが、わたしの心をくらくする、
土壌のくさつたにほひが私の皮膚をくろづませる、
冬枯れのさびしい自然が私の生活をくるしくする。
田舎の空気は陰欝で重くるしい、

〔出典〕『月に吠える』感情詩社・白日社出版部、一九一七（大正六）年二月。初出は『感情』第二年第一号、一九一七年一月発行。初出題名「田舎をおそる」。

＊田舎——詩人は一九一四年頃しばしば上京し、東京の雑踏や夜の歓楽を存分に味わい、大都市の自由で開放された雰囲気を知った。詩「群集の中を求めて歩く」に、「私はいつも都会をもとめる／都会のにぎやかな群集の中に居ることをもとめる」とあり、「青猫」には、「この美しい都会を愛するのはよいことだ」とある。

＊田舎をおそれる——『純情小曲集』「出版に際して」に、次のようにある。「いま遠く郷土を望景すれば、万感胸に迫つてくる。かなしき郷土よ。人々は私に情（つれ）なくして、いつも白い眼でにらんでゐた。単に私が無職であり、もしくは変人であるといふ理由をもつて、あはれな詩人を嘲辱し、私の背後から唾をかけた。「あすこに白痴（ばか）が歩いて行く。」さう言つて人々が舌を出した。」。

＊ふるへて——恐怖の感情を表現する作品の

田舎の手触りはざらざらして気もちがわるい、
わたしはときどき田舎を思ふと、
きめのあらい動物の皮膚のにほひに悩まされる。
わたしは田舎をおそれる、
田舎は熱病の青じろい夢である。

キーワード。詩「竹」に、「かすかにけぶる繊毛が生え、／かすかにふるえ。」とある。
＊くらい家屋——田舎屋は採光が悪かった。
＊土壌の重み——詩人にとって土は、暗い生の深層部を表現する際に用いられる。詩「冬」に、「くらき土壌にいきものは、／懺悔の家をぞ建てそめし。」とあり、「地面の底の病気の顔」に、「地面の底のくらやみに」とある。
＊土壌のくさつたにほひ——嗅覚表現。語り手は、触覚、視覚など様々な感覚に訴える。「田舎から都会へ」（一九二五年）に、「土壌の臭ひは生活のdullを思はせる」とある。
＊生活をくるしくする——精神的に息苦しいこと。経済的な生活苦ではない。
＊きめのあらい動物の皮膚——詩「都会と田舎」に、「ここの女たちはきめがあらくて色がくろい」とある。田舎芸者を言ったものか。
＊悩まされる——出典では「脳まされる」。誤植と考え訂正した。
＊熱病の青じろい夢——病んだ不吉な夢。

郷里群馬を憎みつつ恐れる気持ちを表現した作品。父親の財産を食い潰《つぶ》しながら詩を書いていた萩原朔太郎《はぎわらさくたろう》を、故郷の人々は指弾《しだん》した。封建的世俗的な田舎では、芸術至上主義的価値観は理解されず、詩人は孤立感閉塞感《へいそく》を深めながら、都市の自由を渇望《かつぼう》した。

生粋《きっすい》の都会人永井荷風《ながいかふう》は、ランボーの訳詩「そぞろあるき」で、「恋人と行く如く心うれしく／「自然」と共にわれは歩まん」と語った。一方朔太郎は、「田舎の平和、それが何で我等にとつて麗はしい自然であらうぞ」（「田園居住者から」）と、徹底して否定的である。「水田の中にふるへて」いる「苗の列」は、語り手の恐れの感情をかきたてた。萩原朔太郎作品において、動詞「ふるへる」は、常に恐怖と結び付いている。また、「土壌の重み」「土壌のくさつたにほひ」と、二度使われる「土」は、詩人が憂鬱《ゆううつ》を表現する際のキーワードであり、詩「感傷の手」にも、「いんさんとして土地《つち》を掘る」とある。

語り手が否定する「田舎」は、開放的なイメージのある「田園」とは異なり、村中が親戚のようなしがらみだらけの閉鎖的人間関係があり、世間の目が個人の行動を縛っている場所であった。「田舎と都会」（『虚妄の正義』）に、「あの人情に厚い田舎の生活（中略）は、我等の如く孤独を愛するものにまで、しばしば耐へがたい煩瑣の悩みである」とある。「田舎を恐る」は、都会人による田園の理想化とは対極に位置する作品と言えよう。

雁

千家《せんげ》元麿

暖い静かな夕方の空を
百羽ばかりの雁が
一列になつて飛んで行く
天も地も動か無い静かな景色の中を、不思議に黙つて
同じ様に一つ一つ一つセツセと羽を動かして
黒い列をつくつて
静かに音も立てずに横切つてゆく
側《そば》へ行つたら翅《はね》の音が騒がしいのだらふ
息切れがして疲れて居るのもあるのだらふ、
だが地上にはそれは聞えない
彼等は皆んなが黙つて、心でいたはり合ひ助け合つて

〔出典〕『自分は見た』玄文社、一九一八（大正七）年五月。初出は『愛の本』第二巻第四号、一九一八年四月発行、及び『白樺』第九年四月号、一九一八年四月発行。『自分は見た』及び『白樺』に「（一九一八、三、一一夕）」とある。

＊暖い――ここから、春であることがわかる。

＊夕方――『愛の本』では「夕暮」、『白樺』では「夕方」。『愛の本』『白樺』『自分は見た』の順に推敲が行われた。

＊百羽ばかりの雁――かなりの大群である。詩集『虹』（一九一九年）所収「創造」に、雁が「百羽あまり通り過ぎた。」とある。同一の体験を素材にしたものであろう。

＊不思議に黙つて――詩「創造」（『虹』）に、雁が「黒衣の尼の如く沈黙して」とある。

＊黒い列をつくつて静かに――詩「創造」に「その黒い翅には音がなかつた」とある。

＊音も立てずに――次の行の「翅の音が騒がしい」と好対照をなす。

＊息切れがして――出典では「か」と誤植。初出では「が」。本文を「が」と訂正した。

飛んでゆく。
前のものが後になり、後ろの者が前になり
心が心を助けて、セツセセツセと
勇ましく飛んで行く。

その中には親子もあらふ、兄弟姉妹も友人もあるにち
がひない
この空気も柔《やはら》いで静かな風のない夕方の空を選んで、
一団になつて飛んで行く
暖い一団の心よ。
天も地も動かない静かさの中を汝許《なんぢばか》りが動いてゆく
黙つてすてきな早さで
見て居る内に通り過ぎてしまふ

＊心が心を助けて――この興味深い表現の背後には、詩人の人道主義的な価値観がある。
＊セツセセツセ――鳥の羽音を連想させるため、敢えて片仮名表記になっている。
＊その中には――以下四行は、各行の文字配列が雁行している。活字を絵画的に活用する意図が千家元麿にあったかどうかは不明。四～六行目、十一～十八行目も同様。
＊親子――『尋常小学唱歌』（一九一二年）「雁」に、「連（つれ）は親子か友だちか」とある。
＊夕方の空を選んで――空を行く雁の姿が、静寂な夕暮れに良く調和していることを指す。
＊天も地も動かない――直後に「汝許りが動いてゆく」とあり、動と静を対比している。詩「創造」（『虹』）に、雁の翅が「天にふれ地にふれて通つた。」とある。
＊見て居る内に――動詞「見る」は、千家元麿の詩の鍵となる語である。

渡り鳥に感情移入した平明な作品。子供のような無垢《むく》な心で、天真爛漫《てんしんらんまん》に感動を表現している。詩人の眼には、雁《がん》の一群が愛と助け合いの共同体に見えていた。

第二連には、「親子」「兄弟姉妹」といった言葉があり、暖かい家族への憧れがみられる。妾《めかけ》の子として生まれた千家元麿《せんげもとまろ》は、しばしば核家族を理想的に描いた。一方詩人は、東京府知事・司法大臣を歴任した千家尊福《たかとみ》男爵の息子であり、働く必要がなかった。「雁」では、有閑階級の「見る詩人」としての観察力が発揮されている。「天も地も動か無い静かな景色」「地上にはそれは聞えない」といった一節が、傍観者としての詩人の位置を物語っている。

素朴な詩風だが、無意識の技巧も垣間見える。四行目「動か無い」に対する、五行目の「動かして」など、全体に動と静の対照が明確である。また、四・五・六行目は「て」で脚韻を踏み、動詞「行く」「ゆく」を多用して調子を整えている。「静か」や「一」が五回、「黙つて」が三回も使われる等、少数の語彙を反復して用いる傾向がある。言葉の装飾性をそぎ落としたこの単純な表現は、口語自由律詩という形式とよく調和している。

千家元麿は、言語の彫琢《ちょうたく》とは無縁だった。高貴な血筋が純粋な心に転じ、発する言葉がそのまま詩になったようなものが多い。しかしながら、天性や直感に依存した創作活動は、案外早く行き詰まる。昭和に入ると作品の密度は低下、生活も乱れ精神異常で入院した。

小景異情

室生犀星

その一

白魚はさびしや
そのくろき瞳はなんといふ
なんといふしほらしさぞよ
そとにひる餉《げ》をしたたむる
わがよそよそしさと
かなしさと
ききともなやな雀しば啼けり

その二

ふるさとは遠きにありて思ふもの

〔出典〕『抒情小曲集』感情詩社、一九一八（大正七）年九月。初出は『朱欒（ザンボア）』第三巻第五号、一九一三（大正二）年五月発行。「その六」の初出は『創作』第四巻第五号、一九一四（大正三）年五月発行。『感情』第一巻第二号、一九一六（大正五）年七月発行、に再録。「その六」の初出題名は「光耀」、『感情』では「あんず」。

＊白魚――淡泊な小魚。二月から四月頃に食用にする。「あんず」の花と同様、早春の風物。犀星は「魚といふものに幼少の折から微妙な愛着と親密の情を感じて」（『室生犀星文学読本 春夏の巻』「魚」）いた。自己の投影。

＊瞳――初出ルビ「め」。

＊しほらしさ――控え目で愛すべきこと。

＊わがよそよそしさ――養母に疎外感を感じ、家があるのに外食をする詩人の悲しい境遇。

＊ききともなやな――聞きたくないなあ。語り手は、「雀」に嘲笑されていると感じた。

＊しば――しきりに。しばしば。

＊ふるさとは――石川啄木の小説『我等の一団と彼』（初出一九一二年八・九月）に、「故

そして悲しくうたふもの
よしや
うらぶれて異土《いど》の乞食《かたゐ》となるとても
帰るところにあるまじや
ひとり都のゆふぐれに
ふるさとおもひ涙ぐむ
そのこころもて
遠きみやこにかへらばや
遠きみやこにかへらばや

その三

銀の時計をうしなへる
こころかなしや
ちよろちよろ川の橋の上
橋にもたれて泣いてをり

郷は遠くから想ふべき処で、帰るべき処ぢやない」とある。「小景異情」の発想源。

＊よしや――たとえ。

＊うらぶれて――本来は心が弱ってという意味。ここではおちぶれての意で使われている。上田敏訳「落葉」（『海潮音』）に、「げにわれは／うらぶれて／こゝかしこ」とある。また、「その二」の語彙「遠き」「帰る」「涙ぐむ」は、上田敏訳「山のあなた」と共通する。

＊異土――異郷。ここでは「都」東京を指す。

＊都――単調さを避けるため「都」「みやこ」を書き分けた。「帰る」「かへらばや」も同様。

＊遠きみやこ――東京。萩原朔太郎は「室生犀星の詩」で、「遠きみやこ」を金沢と誤読したため、一時期間違った理解が広まった。「その三」初出に「四月なかば」とあるため、「小景異情」は一九一三年四月の金沢での創作と思われる。犀星自身は「その二」について、「私が都にゐて、ときをり窓のところに佇（た）つて街の騒音をききながら「美しい懐かしい故郷」を考へてうたつた詩」（『新らしい詩とその作り方』）と述べている。

その四

わが霊のなかより
緑もえいで
なにごとしなけれど
懺悔《ざんげ》の涙せきあぐる
しづかに土を掘りいでて
ざんげの涙せきあぐる

その五

なにになこがれて書くうたぞ
一時にひらくうめすもも
すももの蒼《あを》さ身にあびて
田舎暮しのやすらかさ
けふも母ぢやに叱られて

＊時計――犀星は時計に「素朴な畏敬の念を持」ち、「時計崇拝のアニミズムのようなものがあった」（田辺徹『回想の室生犀星』）。
＊うしなへる――生母と生き別れた喪失感。生母に三説あり、現在も未確定。北原白秋の詩「失くしつる」（『邪宗門』）の影響か。
＊ちよろちよろ川――野沢凡兆の句に「ひめゆりやちよろちよろ川の岸に咲く」とある。
＊橋の上――拠り所ない心理を表現する舞台。
＊霊――初出ルビ「いのち」。
＊緑もえいで――早春の芽生え。前向きに生きてゆく意欲の象徴。「その五」の「一時にひらくうめすもも」を導き出す伏線。
＊懺悔の涙――人生に対する後悔や根源的な悲しみ。犀星は聖書を愛読していた。犀星の影響を受けた萩原朔太郎には「懺悔」の用例が多い。六行目では平仮名で「ざんげ」。
＊なににこがれて書くうたぞ――金にならない詩など書いて何になるのかという自問。
＊蒼さ――犀星の青や銀は喪失感と結び付く。
＊田舎暮し――地方での堅実な生活。都会に生きる詩人の、根なし草の人生との対比。

すものしたに身をよせぬ

その六

あんずよ
花着け
地ぞ早やに輝やけ
あんずよ花着け
あんずよ燃えよ
ああ　あんずよ花着け

＊母ぢや――養母赤井ハツ。昼間から酒を飲み、犀星を折檻した。『弄獅士（らぬさい）』（一九三六年）に、「自分は養母を愛したことは一度もなかつた。寧ろ自分は母を恐れる為に生きてゐたやうなものだつた」とある。

＊すものした――『史記』に「桃李言（ものい）ハザレドモ下自ラ蹊ヲ成ス」とある。

＊その六――初出に「（萩原朔太郎君とともに祈れることばなり。）」とある。詩人としての「光耀」（初出題名）を祈った。前橋で作。

＊あんず――金沢の養家の庭にあった思い出の植物。語り手の「あんず」への呼びかけが、自分自身への激励の言葉ともなっている。

＊花着け――強い願望を表す命令形。

詩人が自らの過去と未来をうたった連作詩。室生《むろう》犀星《さいせい》にとって、故郷金沢は疎外感や喪失感に満ちた場所だった。詩人は美しい故郷を胸中に抱きつつ、東京で文学者として頑張ろうと決意する。この構想のもとで、七五調を基調とする六作品が緊密に構成されている。

「その二」の語り手は、東京ではなく「ふるさと」金沢にいる。故郷は犀星を暖かく迎えてくれる場所ではなかったのだ。詩人は、郷里の思い出を大切に守りながら、厳しい生活が待つ「遠きみやこ」東京に舞い戻りたいと述べる。描かれたささやかな景色「小景」はみな金沢のものだが、そこにあるのは違和感「異情」なのだと、詩の題は物語っている。

犀星は、父小畠《こばたけ》吉種《よしたね》が女中に産ませた子という説がある。世間体を憚《はばか》った実父は、息子を雨宝院住職室生真乗《しんじょう》の養嗣子《ようしし》に出した。しかし、物心ついた犀星は養母と喧嘩して家を出る。こうして彼は、生地金沢に帰るべき場所を失い、故郷喪失者となったのである。

「その一」では、「そとにひる餉《げ》をしたたむる」金沢での疎外感を描き、「その三」では、大切なものの象徴「銀の時計をうしなへる」悲哀を嘆く。自分は果たしてこれでよかったのかと「懺悔《ざんげ》の涙」を流す「その四」、「なににこがれて書くうたぞ」と、貧乏詩人としての生き方を問う「その五」へと続く。しかし最後の「その六」では、それまでの「かなしさ」や「涙」から一転、故郷の「あんず」の開花に、詩人としての成功を託すのであった。

寂しき春

室生犀星

したたり止《や》まぬ日のひかり
うつうつまはる水ぐるま
あをぞらに
越後の山も見ゆるぞ
さびしいぞ

一日《いちにち》もの言はず
野にいでてあゆめば
菜種のはなは波をつくりて
いまははや
しんにさびしいぞ

〔出典〕『抒情小曲集』感情詩社、一九一八（大正七）年九月。初出は『アララギ』第七巻第四号、一九一四（大正三）年四月発行。初出総題「草木信念」、初出題名「菜種の畑」。初出に「一九一四・三月利根川の岸辺にて」とある。『感情』第一巻第二号、一九一六（大正五）年七月発行、に再録。

＊したたり止まぬ日のひかり――日光が滴るように降り注ぐ様子。水車の水滴に日光が反射しているとも解釈できる。北原白秋『真珠抄』（一九一四年九月）の「永日礼讃」（初出一九一三年九月）に、「滴るものは日のしづく静かにたまる眼の涙」とある。犀星はこれを、「利根川旅中のあひだ、河原にねころびてまいにち誦ひもうし」た（「愛誦詩篇」）。

＊うつうつ――鬱々。眠気を表す擬態語「うつらうつら」の単調さも響いている。初出は「うつとり うつとり」。

＊越後の山――谷川岳など上越国境の山々。犀星の故郷金沢は日本海側にある。

明るい春の景色の中で感じる、耐え難《がた》い程の寂寥感をうたった作品。暖かい家庭に恵まれず、孤独と屈辱の中で育った室生犀星《むろうさいせい》は、常に寂しさを抱えていた。

この詩は、一九一四年二月十四日から三月八日にかけて、前橋の萩原朔太郎《はぎわらさくたろう》を訪ねた際に創作された。詩人は利根川《とねがわ》べりの旅館一明館に滞在、二人は毎日のように会い、文学について熱心に語り合った。しかし朔太郎側には、無職者や文学者を嫌う父に、犀星の来訪を内緒にしておく必要があり、四六時中付き添っているわけにはいかなかった。友の訪れてこないある日、室生犀星は「一日もの言はず」、上州《じょうしゅう》の「野」を寂しく逍遥《しょうよう》したのである。

近景の「水ぐるま」に対し、「あをぞら」「越後の山」の遠景が置かれ、「野にいでてあゆ」む孤独な詩人の姿には、遠く続く菜の花畑が対置されている。「波をつくりて」揺れる黄色い「菜種のはな」は、揺れ動いて止まない詩人の内面の象徴であろう。

一方、「水ぐるま」の円運動には、同じ場所を堂々巡りする詩人の鬱屈《うっくつ》した心理も投影されている。ここには、詩「糸車」「白金ノ独楽《こま》」「ビール樽」など、回転するものを好んで取り上げた北原白秋《きたはらはくしゅう》の影響が推測される。「見ゆるぞ」「さびしいぞ」の投げつけるような俗語的表現は、不在の親友に向かって発せられたやるせない独り言である。韻律は七五調を基本としつつ、折々四音を挟《はさ》むことで流麗《りゅうれい》に流れることを防ぎ、寂しさを演出している。

夕ぐれの時はよい時

堀口大学

夕ぐれの時はよい時。
かぎりなくやさしいひと時。

それは季節にかかはらぬ、
冬なれば暖炉のかたはら、
夏なれば大樹の木《こ》かげ、
それはいつも神秘に満ち、
それはいつも人の心を誘ふ、
それは人の心が、
ときに、しばしば、
静寂を愛することを、

［出典］『月光とピエロ』籾山書店、一九一九（大正八）年一月。初出は『詩篇』第二編第六輯、一九一八（大正七）年六月発行。初出題名「夕ぐれの歌」。

＊夕ぐれの時――「夕ぐれの時はよい時」と、敢えて「時」を重複させることで、心地良いリズムを生んでいる。堀口大学の短歌に、「かはたれの夕ぐれ時とまたなれば涙落つるも母なきがため」がある。『スバル』第四年第六号、一九一二（明治四十五）年六月発行、所収。堀口大学にとって、「夕ぐれ」が母への思いと強く結び付いていたことを示す短歌。短歌は詩より六年先行して発表されている。一方、グールモン「黄昏」の訳は、詩の約一年前の発表である。短歌に詠われた感情が、フランス詩翻訳の刺激を受け、創作詩に結実。

＊よい時――「時」の体言止めによって、次行と脚韻を踏む。堀口大学訳のレミ・ド・グールモン「黄昏」に、「黄昏の時は果敢（はか）なし、よし、悲し。」というリフレインがある。

＊やさしいひと時――「ひと時」という言葉

知つてゐるものの様に、
小声にささやき、小声にかたる………

夕ぐれの時はよい時、
かぎりなくやさしいひと時。

若さににほう人々の為《た》めには、
それは愛撫に満ちたひと時、
それはやさしさに溢《あふ》れたひと時、
それは希望でいつぱいなひと時、
また青春の夢とほく
失ひはてた人々の為めには、
それはやさしい思ひ出のひと時、
それは過ぎ去つた夢の酩酊、
それは今日の心には痛いけれど

には、夕ぐれの幸福な時間が一時的なものにすぎないという語り手の認識が込められている。『月光とピエロ』所収の詩「夕ぐれ」第一連に、次のようにある。「それは昼の時でもない。／それは夜の時でもない。／それは云ひ様もないやさしい一時。」。
＊それは——作品中に十一回使われ、リズムを生み出している言葉。
＊暖炉——詩人は、父九萬一（くまいち）が外交官だったため、海外生活が長かった。
＊静寂——堀口大学訳のレミ・ド・グールモン「黄昏」に、「静寂の底に／夢幻の時の歌を聞く時刻黄昏の時を愛せよ。」とある。
＊夕ぐれのこの憂鬱——数え年で四歳だった一八九五（明治二十八）年に母が亡くなり、やさしい母の愛を知らずに育った悲しみ。詩「母の声」（『人間の歌』一九四七年）に、「三半器官よ、／耳の奥に住む巻貝よ、／母のいまはの、その声を返へせ。」とある。また、堀口すみれ子『虹の館——父・堀口大學の想い出』に、次のような晩年のエピソードがある。すみれ子が息子大一郎を膝に乗せてかわ

しかも全く忘れかねた
その上《かみ》の日のなつかしい移り香《が》。

夕ぐれの時はよい時。
かぎりなくやさしいひと時。

夕ぐれのこの憂鬱は何所《どこ》から来るのだらうか？
だれもそれを知らぬ！
（おお！だれが何を知つてゐるものか？）
それは夜とともに密度を増し、
人をより強き夢幻へみちびく………

夕ぐれの時はよい時。
かぎりなくやさしいひと時。

いがっていた時、堀口大学は「君たち、ぼくの前でそんなにしないでおくれ、ぼくは、大一郎の年には、母はいなかったんだ」と言い、「こぼれる涙をぬぐおうともせずにうつむいてしまった」という。
＊何所から来るのだらうか？——この疑問文について、三好達治は『詩を読む人のために』で次のように解説している。「ほとんど唐突の感があります。この唐突な断層を、例の畳句が間に介在して、適当に橋渡ししながら、その唐突さを一種意想外な効果として生かしています。このような唐突な不意打ちは、近代詩歌の一つの新らしい魅力といっていいでしょう。言葉の調子がそうであるのみならず、ここでは思想も不意打ちです。」。
＊おお——西洋的感嘆詞。亡き母への切実な思いがこめられているため、この行だけ、感情が強く表現されている。
＊だれが何を知つてゐるものか？——幼少時に母を亡くしたことがどれほど寂しいことか、経験のない者にはわからないという、詩人の切実な思い。「夕ぐれの時はよい時」は、静

夕ぐれ時《どき》、
自然は人に安息をすすめる様だ。
風は落ち、
ものの響《ひびき》は絶え、
人は花の呼吸をきき得るような気がする、
今まで風にゆられてゐた草の葉も
たちまちに静まりかへり、
小鳥は翼の間に頭《かうべ》をうづめる………

夕ぐれの時はよい時。
かぎりなくやさしいひと時。

かで穏やかな作品だが、この一行には堀口大学の激しい感情が表現されている。三好達治『詩を読む人のために』には、「この詩の頂点は、まずこの辺のところにあります」とある。

＊強き夢幻――詩人の内面で膨らみ続ける、亡き母に対する幻想。グールモン「黄昏」に、「四囲の空気は夢幻に満ちたり。」とある。

＊風は落ち、ものの響は絶え――三好達治はこの第八連について、「自然な調子で終息にむかい」（『詩を読む人のために』）と述べる。

＊小鳥は翼の間に頭をうづめる――三好達治『詩を読む人のために』は、「特に気転の利いた洒落た一行」「この詩のここで終息するのにあたかもふさわしい表象（イマジュ）の鮮やかな句を以て結んでいる」と評している。

夕暮れの魅力を平易な日常語で語った口語自由律詩。五回反復される「夕ぐれの時はよい時。／かぎりなくやさしいひと時。」という言葉には、子守唄のような情感が籠《こも》っている。詩には、満三歳で母と死別した堀口大学《ほりぐちだいがく》の母性を求める心情が、地下水脈となって流れている。第二連で「小声にささやき、小声にかたる」と、夕ぐれが擬人化されているのは、その証左《しょうさ》である。これは郷愁の歌、母恋いの歌なのである。実際、夕暮れの美しさを語る語彙は、小児が母に抱かれる時の安心感につながっている。「かぎりなくやさしい」「人の心を誘ふ」「愛撫に満ちた」「夢の酩酊」「なつかしい移り香《が》」「安息をすすめる」「呼吸をきき得るような」「頭《かふべ》をうづめる」などが、母子の情愛に相当する。

一方で「夕ぐれの時はよい時」は、理知的分析的な構造も持っている。第二連は冬と夏のそれぞれについて、また第四連では若者と老人を区別して、夕暮れの美しい所以《ゆえん》が説明されている。知性と感覚、頭脳と魂のバランスがとれた作品と言えよう。

堀口大学は『三田文学』一九一七（大正六）年二月号で、レミ・ド・グールモン（Remy de Gourmont、一八五八～一九一五）の「黄昏《たそがれ》（Le Soir）」を訳している。この翻訳が、「夕ぐれの時はよい時」に大きな刺激を与えた。讃《たた》えられた「黄昏」は、日本的な湿度の高いたそがれ時ではなく、からりとしたヨーロッパ的な夕暮れであろう。

かなりや

西條八十《やそ》

——唄を忘れた金糸雀《かなりや》は、後《うしろ》の山に棄てましょか。
——いえ、いえ、それはなりませぬ。
——唄を忘れた金糸雀は、背戸《せど》の小藪《こやぶ》に埋《い》けましょか。
——いえ、いえ、それもなりませぬ。
——唄を忘れた金糸雀は、柳の鞭でぶちましょか。
——いえ、いえ、それはかはいさう。
——唄を忘れた金糸雀は、
象牙の船に、銀の櫂《かい》、

［出典］『砂金』尚文堂、一九一九（大正八）年六月。初出は『赤い鳥』第一巻第五号、一九一八（大正七）年十一月号、同月発行。初出題名「かなりあ」。『赤い鳥』第二巻第五号、一九一九年五月発行、に成田為三作曲の楽譜とともに再録。第二巻第六号に「正誤」あり。
＊かなりや——ひ弱な美しい鳥。題名の「かなりや」に対し、本文では「金糸雀」という異国趣味的な漢字表記が使われており、「金糸雀」「銀の櫂」という金銀の対照がある。
＊唄を忘れた金糸雀——「学海指針社から出てゐた、とある少年雑誌」の水島爾保布（にほふ）挿絵のシンデレラ物語の、「椰子の木かげに歌を忘れた金糸雀のやうに」という一節を、西條八十はよく記憶していた（『假面』一九一三年十二月号）。「かなりや」と同日創作の童謡「たそがれ」に、「唄を忘れた／金糸雀は、／赤い緒紐（をひも）でくる〳〵と、／いましめられて／砂の上。」とある。
＊棄てましょか——『あの夢この歌』（一九四八年）によれば、株屋になった西條八十は、「詩を書くことを忘れて錙銖（ししゅ）の利

月夜の海に浮べれば、
忘れた唄をおもひだす。

に憂身をやつすやうなこの男は、棄ててしまへ、鞭うて、殺してしまへと罵る心内の声」を聞いた。『現代童謡講話』（一九二四年）に、「自身が歌を忘れた詩人であることを思ひ出すと、いつもたまらず寂しかつた」とある。
＊いえ、いえ――前行の子供の問いを受けた、母親の言葉。「――」は会話を示す記号。
＊背戸――家の後ろ。標準語「裏」ではなく、方言「背戸」が使われているのは、野口雨情の影響。雨情の「日傘（ひがらかさ）」に、「さつさお背戸の／鷦鷯（みそさざい）／雀は小藪に／かくれんぼう」とあり、「おたよ」に、「おたよは背戸の／きり〴〵す」とある。
＊月夜の海――たびたび訪れた千葉県・保田海岸や、神奈川県・片瀬海岸が念頭にあった。デ・ラ・メア（Walter de la Mare、一八七三～一九五六）の童詩「うまに乗つた人」（西條八十訳）との類似が指摘されている。

不甲斐《ふがい》ない自分を「唄を忘れた金糸雀《かなりや》」に託して自責しつつ、可能性を信じて再起しようという希望を表現した作品。成田為三《なりたためぞう》作曲の童謡として、広く親しまれている。

「唄を忘れた金糸雀」とは、生活に追われて詩が書けなくなった西條八十《さいじょうやそ》のことである。語り手は自己嫌悪に陥《おちい》り、駄目な自分を罰するため、「後《うしろ》の山に棄て」「背戸《せど》の小藪《こやぶ》に埋《い》け」「柳の鞭でぶち」のめそうと考える。しかし我が身を「かはいさう」と感じる自己憐憫《れんびん》から、第四連での心の解放と癒《いや》しが導かれる。「金糸雀」「象牙の船」「銀の櫂《かい》」のハイカラでロマンティックな貴族趣味や、「月夜の海」の美的陶酔は、詩人の好みの反映であろう。

西條八十は「かなりや」創作の経緯を、『新らしい詩の味ひ方』（一九二三年）で語っている。一九一八（大正七）年十月、娘嫩子《ふたばこ》を抱いて上野の東照宮《とうしょうぐう》境内を徘徊《はいかい》していた時、突然ある出来事を思い出した。十二三歳の頃、クリスマスに出かけた番町《ばんちょう》教会で、華やかな天上の電灯が一つだけ点《つ》いていなかった。それを見て、「自分だけがふと歌ふべき唄を忘れた小鳥を見るやうな怪しい気持がし」た。この記憶が蘇《よみがえ》り、「上野倶楽部の自分の室《へや》へ戻るまでに、あの「かなりや」の唄は半《なか》ば心のなかにまとまりかけてゐた」という。

なお、『新らしい詩の味ひ方』に、「かく問ひかく答へる母子の声」とあり、詩人が「かなりや」を母と子の会話として構想していたことがうかがえる。上野不忍池《しのばずのいけ》に詩碑がある。

水辺月夜の歌

佐藤春夫

せつなき恋をするゆゑに
月かげさむく身にぞ沁《し》む。
もののあはれを知るゆゑに
水のひかりぞなげかるる。
身をうたかたとおもふとも
うたかたならじわが思ひ。
げにいやしかるわれながら
うれひは清し、君ゆゑに。

〔出典〕『殉情詩集』新潮社、一九二一（大正十）年七月。初出は『改造』第三巻第四号、一九二一年四月発行。初出題名「水のほとりにて歌へる歌」。初出総題「抒情詩鈔」、

*ゆゑに——詩には論理を表す言葉が多い。順接「ゆゑに」が三回、逆説「とも」「ながら」が各一回使われている。心の葛藤の反映。上田敏訳ダヌンチオ「燕の歌」（『海潮音』）に、「草は香りぬ、君ゆゑに」とある。

*月かげさむく——「月かげ」は月の光。詩は、一九二〇年から翌年にかけての冬を背景としている。この頃佐藤春夫は、小田原の養生館に偽名で宿泊し、時々千代と会っていた。

*身にぞ沁む——『平家物語』巻五「月見の事」に、徳大寺実定の今様として、「月の光は隈なくて秋風のみぞ身にはしむ」とある。

*水のひかり——月光が波に反射する様子。

*うたかた——水の泡。松岡（柳田）国男の詩「うたかた」（『抒情詩』一八九七年）に、「身をうたかたの」「我がうれひ」とある。

堀口大学《ほりぐちだいがく》訳、ルネ・ジョルジャンの詩「水辺悲歌」を意識しつつ、不倫の恋をうたった七五調の詩。いわゆる小田原事件を背景とし、谷崎潤一郎《たにざきじゅんいちろう》夫人への思いが語られている。佐藤春夫《さとうはるお》は、千代《ちよ》が夫の谷崎に邪険に扱われていることを知り、しだいにこの人妻への思いを深めてゆく。一方谷崎は一九二〇年十月頃、いったん千代を春夫に譲ると伝えるが、その後態度を翻《ひるがえ》した。そのため、二人の文学者は一九二一年七月頃に最終的に絶交した。

「せつなき恋」とは、恋しい千代に会えない状態を指す。人倫に反する恋愛をしている自分の「身を」、「うたかた」という卑近《ひきん》なものに喩《たと》え、「いやしかるわれ」と規定することで、却《かえ》って「思ひ」の清らかさ切実さを強調している。「水辺」「水のひかり」「うたかた」に見られる水のイメージが、「うれひは清し」という心の純度の高さと響き合っている。

フランスの詩人ルネ・ジョルジャン（René Georgin、一八八八〜一九七八）の「水辺悲歌」は、『文章世界』一九一七年十月号に掲載され、のちに堀口大学訳『月下の一群』（一九二五年）に収められた。佐藤春夫はこの詩を、『殉情詩集』「心の廃墟」に掲げている。

不在の恋人を水辺で思い続ける「水辺悲歌」は、千代を慕う詩人の心に通じる。「われまたしても岸辺にかへり／水の鏡にうつむきて／君をそこに尋ね求むるかな。」と始まるこの詩に、佐藤春夫は創作意欲を刺激され、七五調の歌謡風韻律で思いを綴《つづ》ったのだった。

海辺の恋

佐藤春夫

こぼれ松葉をかきあつめ
をとめのごとき君なりき、
こぼれ松葉に火をはなち
わらべのごときわれなりき。

わらべとをとめよりそひぬ
ただたまゆらの火をかこみ、
うれしくふたり手をとりぬ
かひなきことをただ夢み、
入《い》り日のなかに立つけぶり

〔出典〕『殉情詩集』新潮社、一九二一（大正十）年七月。初出は『改造』第三巻第四号、一九二一年四月発行。初出総題「抒情詩鈔」。『日本詩人』第五巻第八号、一九二五（大正十四）年八月発行、に再録。

＊海辺――小田原の谷崎潤一郎宅は海岸近くにあった。佐藤春夫の一九二一年一月三十一日付谷崎千代宛書簡に、「もつとあの恋しい浜辺を見てゐたい」とある。海のほとりの悲恋物語という点で、エドガー・アラン・ポー（Edgar Allan Poe、一八〇九～一八四九）の最後の詩「アナベル・リー（Annabel Lee）」との類似性が指摘されている。

＊をとめのごとき――「ごとき」とあるから、「君」は大人である。

＊君なりき――当時既に千代とは会えなくなっていたため、過去形が使われている。

＊わらべとをとめ――同じく不倫の恋を主題にした新川和江「ふゆのさくら」も、二人を「わらべ」になぞらえる。平仮名の多用という特徴も共通している。ポーの「アナベル・リー」に、「彼女は子どもでぼくも子ども

ありやなしやとただほのか、
海べのこひのはかなさは
こぼれ松葉の火なりけむ。

（She was a child and I was a child）」とある。
＊ただ――「ただたまゆら」「ただほのか」と二回使われ、恋の切なさを強調する。
＊たまゆらの火――今にも消えそうなつかの間の火。小さな「松葉」はすぐに燃え尽きてしまう。恋のはかなさを暗示する。
＊手をとりぬ――つないだ二人の手は、松葉と相似形をなす。
＊かひなきこと――佐藤春夫と人妻の千代が結婚すること。
＊けぶり――古典文学では「思ひ（火）」の縁語。「けむり」ではなく中古風に「けぶり」と書いており、平安文学を意識した表記。
＊ありやなしやと――あるかないかわからない程度であること。
＊ほのか――「けぶり」の様子を述べると同時に、恋の形容でもある。
＊こひ――純粋性強調のための平仮名表記。

「水辺月夜の歌」と同じく、小田原事件を題材とした詩。モデルの佐藤春夫《さとうはるお》と谷崎《たにざき》夫人千代《ちよ》は、それぞれ「わらべ」「をとめ」とされている。不倫という反社会的関係を続ける二人の恋の純粋さを強調しつつ、道徳的批判を晦《くら》ますために、子供に喩《たと》えたのである。

「海辺の恋」は、幸福感から不確実感へと徐々に移行する。第一連に暗い影はないが、第二連の「たまゆら」及び「かひなき」には、既に恋の不確かさが現れ、第三連に到って完全にはかなさに覆《おお》い尽くされる。これは、詩人の実際の恋の推移とも一致する。佐藤春夫が千代に思いを打ち明けたのは一九二〇年秋だが、まもなく谷崎の翻意《ほんい》によって恋しい人に会うことは困難になった。「海辺の恋」は、その後の時期を背景とする。

三回繰り返される「こぼれ松葉」は、社会規範からはみ出した恋の象徴である。「こぼれ」た葉といえども、二本が対になった「松葉」は、男女の結びつきを暗示する。「海辺の恋」に三例登場する「火」は、この恋愛が危険なものであることを表している。

第一連では、「君なりき」「われなりき」と過去形で語調を整え、第二連でも「よりそひぬ」「手をとりぬ」及び「かこみ」「夢み」が脚韻を踏んでいる。七五調四行を一連とする、端正で古典的な形式を持つ。なお、佐藤春夫と谷崎潤一郎《たにざきじゅんいちろう》は絶交から約五年を経て、一九二六（大正十五）年九月に和解、一九三〇（昭和五）年八月に春夫は終に千代と結ばれた。

少年の日

佐藤春夫

1

野ゆき山ゆき海辺ゆき
真ひるの丘べ花を敷き
つぶら瞳の君ゆゑに
うれひは青し空よりも。

2

影おほき林をたどり
夢ふかきみ瞳を恋ひ
あたたかき真昼の丘べ
花を敷き、あはれ若き日。

〔出典〕『殉情詩集』新潮社、一九二一（大正十）年七月。初出は『改造』第三巻第四号、一九二一年四月発行。初出総題「抒情詩鈔」、初出題名「少年の恋」。『新潮』第三十七巻第二号、一九二二（大正十一）年八月発行、に再録。

＊1――改訂増補版『佐藤春夫詩集』（第一書房、一九二六年）では、各連がそれぞれ「1春」「2夏」「3秋」「4冬」となっている。

＊野ゆき――「山ゆき」「海辺ゆき」「花を敷き」とともに、美しい自然の中を行く軽快なリズムを生み出している。少年の魂の漂泊。

＊海辺――小田原の谷崎邸は海岸近くにあった。佐藤春夫「この三つのもの」に、「あんなに海の近くですか。道理で、夜はよく浪が聞えると思つた」「すぐ裏ですもの」とある。

＊花を敷き――島崎藤村「小諸なる古城のほとり」に「若草も藉《し》くによしなし」、また『おくのほそ道』に「城春にして草青みたりと、笠打敷て」とある。

＊つぶら瞳――「瞳」が詩全体を貫く共通主題となっている。「2」に「み瞳を恋ひ」、

3

君が瞳はつぶらにて
君が心は知りがたし。
君をはなれて唯《ただ》ひとり
月夜の海に石を投《な》ぐ。

4

君は夜な夜な毛糸編む
銀の編み棒に編む糸は
かぐろなる糸あかき糸
そのランプ敷き誰《た》がものぞ。

「3」に「君が瞳はつぶらにて」とあり、「4」でも「毛糸編む」女の眼差しが暗示される。

＊うれひは青し――初出では「初こひの日のわがおもひ」。初恋という設定を敢えて消去することで、「少年の日」を小田原事件とも重ねて解釈できるように組み換えた。

＊影おほき林――「ミニヨンの歌」に、「レモンの木は花さきくらき林の中に」とある。

＊み瞳――佐藤春夫の短歌に「秋の夜や君は語らずみひとみの黒きを見つゝわれ云はずまた」（『熊野実業新聞』一九〇八年）とある。

＊かぐろなる――黒い。「か」は接頭語。

＊ラムプ敷き――恋人が編んでいるもの。ランプの光で編み物をしているとも解釈できる。

＊誰がものぞ――誰のものなのか。「3」に「君が心は知りがたし」とあるから、語り手は、「君」が他の男のために編み物をしているのではないかと秘かに嫉妬している。

少年の頃の恋の思い出を主題とした文語調の連作詩。「君」のモデルは、新宮《しんぐう》の瀬戸物《せともの》屋のお嬢さん大前俊子。佐藤春夫《さとうはるお》の初恋の人である。しかしこの詩は、小田原事件を背景とする他の作品と同時に発表された。初恋の詩を現在の悲恋に合わせて改編したのである。谷崎潤一郎《たにざきじゅんいちろう》は一九二〇（大正九）年十月、妻を佐藤春夫に譲り自分は妻の妹せい子と結婚したいという意志を春夫に伝えた。ところが一か月後に決意を翻し、千代《ちよ》との離婚を取りやめた。親友谷崎に裏切られた春夫は、人妻への思いを諦《あきら》めきれず、千代自身の心もはかりかねていた。「君が心は知りがたし」は、このような経緯を物語る言葉でもある。

詩は、しだいに昼から夜へと転ずる構造になっている。「1」では「真ひる」「青し空よりも」とあったのが、「2」では「影おほき林」「真昼」と影が差し、「3」で「月夜の海」、「4」では「夜な夜な」となってゆく。暗くなるにつれ、「君」への思いも深くなる。さらに「1」から「4」は、「花」の春、「影おほき林」の夏、「月夜」の秋、「ランプ」の冬と、春夏秋冬の順に並んでいる。作者佐藤春夫の緊密な構成意図がうかがわれる。

一方「少年の日」には、二つの異なる韻律が混在している。七五調の「1」「3」「4」に対し、「2」は五七調である。各連は、当初別々の詩として作られたと考えられる。初出に「旧作、「少年の恋」小曲十数編あり。そのうち二つ三つ。」とある。

秋刀魚《さんま》の歌

佐藤春夫

あはれ
秋風よ
情《こころ》あらば伝へてよ
——男ありて
今日の夕餉《ゆふげ》に　ひとり
さんまを食《くら》ひて
思ひにふける　と。

さんま、さんま、
そが上に青き蜜柑の酸《す》をしたたらせて
さんまを食《くら》ふはその男がふる里のならひなり。

〔出典〕『我が一九二三年』新潮社、一九二三（大正十二）年二月。初出は『人間』第三巻十一月号、一九二一（大正十）年十一月発行。『我が一九二三年』に「（大正十年十月）」とある。

＊秋刀魚——一種の俳味を生む秋の季語。

＊あはれ——古典の物語文学風の雰囲気を生み出している。「秋風」とア音の頭韻を踏む。

＊秋風——春夫の詩「琴うた」に、「空ふくかぜにつてばやと／ふみ書きみれど」とある。

＊情あらば伝へてよ——もし私を憐れむ情があるならば、恋しい人に伝えて欲しい。国木田独歩の詩「菫」に、「菫の花よ心あらば／たゞよそながら告げよかし」とある。

＊男ありて——『伊勢物語』には、「むかし、をとこ、ありけり」で始まる段が多い。詩には自らを物語の主人公にみたてる意識がある。

＊そが上に——その秋刀魚の上に。

＊青き蜜柑の酸をしたたらせて——随筆「熊野のさんま」に、さんまの「上から若いみかんに輪切りのやうに庖丁を半分入れたものをしぼつて魚の上からしたたらせる」「青みか

そのならひをあやしみなつかしみて女は
いくたびか青き蜜柑をもぎて夕餉にむかひけむ。
あはれ、人に捨てられんとする人妻と
妻にそむかれたる男と食卓にむかへば、
愛うすき父を持ちし女の児は
小さき箸をあやつりなやみつつ
父ならぬ男にさんまの腸《はら》をくれむと言ふにあらずや。

あはれ
秋風よ
汝《なれ》こそは見つらめ
世のつねならぬかの団欒《まどゐ》を。
いかに
秋風よ
いとせめて

んの酸をしたたらせて食べる」とある。
＊その男――自分自身をまるで他人であるかのように語ることで、昔物語風の雰囲気を生み出す工夫。
＊ふる里――和歌山県新宮。蜜柑の産地。
＊いくたびか――小田原の谷崎潤一郎邸での情景を回想したもの。谷崎は不在がちだった。
＊蜜柑をもぎて――谷崎邸には蜜柑の木があった。佐藤春夫「この三つのもの」（一九二五～一九二六年）に、庭「には茂つて黒い蜜柑の樹の外には別に何もなかつた」とある。
＊むかひけむ――向かったことだろう。詩人自身の経験であるにもかかわらず、ぼかした表現をすることによって、物語風の叙述を実現している。
＊人――夫である谷崎潤一郎。物語風の表現。
＊人妻――谷崎潤一郎の妻千代。
＊妻にそむかれたる男――佐藤春夫は一九二〇（大正九）年十月、同棲していた女優米谷（まいや）香代子と別れた。この詩が作られる一年前のことであった。
＊愛うすき父――谷崎潤一郎。佐藤春夫の小

証《あかし》せよ　かの一《ひと》ときの団欒ゆめに非《あら》ずと。

あはれ
秋風よ
情あらば伝へてよ、
夫を失はざりし妻と
父を失はざりし幼児《をさなご》とに伝へてよ
――男ありて
今日の夕餉に　ひとり
さんまを食ひて
涙をながす　と。

さんま、さんま、
さんま苦いか塩つぱいか。
そが上に熱き涙をしたたらせて

説「この三つのもの」に、「子供はもう真平だ！」「北村が子供のことを吐き出すやうにさう言つた」とある。北村のモデルは谷崎。
＊女の児――谷崎の娘鮎子。詩の初出時は満五歳。「女の児」は女児とも解釈できるが、「女」（千代）の生んだ子供とも解釈可能。
＊くれむ――「女の児」が佐藤春夫に、「さんまの腸」をあげると言った。鮎子が詩人の存在を承認していることを明示する意図。
＊見つらめ――見たであろう。「秋風」を「汝」と擬人化し、佐藤春夫・千代・鮎子三人の団欒を目撃しただろうと呼びかけている。
＊いとせめて証せよ――谷崎との絶交により、このような団欒はもう実現できなくなってしまった。そこで「せめて」、過去の楽しかった団欒が夢ではなかったことだけでも証明して欲しいと、秋風に向かって述べている。
＊夫を失はざりし妻――依然として谷崎潤一郎と暮らしている妻千代。
＊父を失はざりし幼児――谷崎家で育てられている鮎子。
＊伝へてよ――谷崎との絶交によって、千代

さんまを食ふはいづこの里のならひぞや。
あはれ
げにそは問はまほしくをかし。

や鮎子との連絡は途絶えていた。
＊苦いか塩つぱいか——詩人の心情の表現でもある。秋刀魚の苦さや塩っぱさは、魚本来の味であろうが、涙が秋刀魚にかかったためにそのような味になったとも解釈できる。文語詩であるにもかかわらず、「塩つぱいか」という口語を用いることで、激情を表現した。
＊涙をしたたらせて——『伊勢物語』第九段に、「みな人、かれいひのうへになみだおとして、ほとびにけり」とある。
＊げにそは——実にそれは。
＊問はまほしく——尋ねたく。
＊をかし——『枕草子』などに多く見られる王朝時代風の表現。

小田原事件を題材とした作品。佐藤春夫《さとうはるお》は谷崎潤一郎《たにざきじゅんいちろう》夫人千代《ちよ》と不倫に陥《おちい》り、二人の文学者は一九二一年に絶交する。「秋刀魚《さんま》の歌」は同年十月に書かれた。千代との関係を断たれた詩人は、一年前の秋の「一《ひと》ときの団欒《まどゐ》」を回想しつつ、一人で食卓に向かっている。

秋風を人格化し、「あはれ／秋風よ」と呼びかける冒頭部は、イギリスの詩人パーシ・ビシー・シェリー（Percy Bysshe Shelley、一七九二〜一八二二）による「西風の賦《ふ》（Ode to the West Wind）」の、「荒れ狂う西風よ！　迸《ほとばし》り出る秋の息吹よ！」を発想源とする。また、島崎藤村《しまざきとうそん》に詩「秋風の歌」があり、題名「秋刀魚の歌」もこの影響下にあると言えよう。

語り手は、かつては会うことができた恋人との楽しい団欒《だんらん》を思い起こし、追憶に耽《ふけ》る。値段の安い庶民的な魚「秋刀魚」は、過去の擬似家庭の暖かさを喚起すると共に、現在の索漠《さくばく》とした孤独感をも強めている。一年前には「青き蜜柑の酸《す》をしたたらせ」たサンマに、今年は「熱き涙をしたたらせ」るという、実に巧みな演出である。

作品には、自らを在原業平《ありわらのなりひら》に重ね合わせる意図が見られる。「男ありて」「その男」「涙をしたたらせて」などに、『伊勢物語』の影響がうかがえる。なお末尾の二行は、落涙《らくるい》する我が身を省みて発せられた言葉である。詩人は悲しみに暮れる自分自身を愛惜《あいせき》しつつ、やや自嘲的に描いている。自己を突き放しつつ苦笑する、過剰な近代的自意識の表れである。

つみ草

佐藤春夫訳

風花日将老
佳期猶渺渺
不結同心人
空結同心草

しづこころなく散る花に
長息《なげき》ぞながきわがたもと
なさけをつくす君をなみ
摘むやうれひのつくづくし。

〔出典〕『我が一九二二年』新潮社、一九二三（大正十二）年二月。初出は『蜘蛛』第三巻第五号、一九二一（大正十）年八月発行。初出題名「支那の詩より」。『車塵集』武蔵野書院、一九二九（昭和四）年九月、で「春のをとめ」と改題。

＊つみ草――草を摘むこと、またはその草。

＊しづこころなく――『古今和歌集』巻第二に、紀友則「久方の光のどけき春の日にしづ心なく花の散るらむ」とある。

＊ながき――「長息ぞながき」「ながきわがたもと」と、双方にかかる掛詞。

＊君をなみ――谷崎との絶交によって、恋しい千代と会えなくなったことを寓している。

＊つくづくし――土筆の古称。物思いに耽る様を表す副詞「つくづく」と掛詞になっており、三行目「つくす」とも対応している。

＊原詩の訓読は次の通り。「風花、日ニ将ニ老イントス／佳期、猶ホ渺渺タリ／同心ノ人ヲ結バズ／空シク同心草ヲ結ブ」。

不在の恋人を思う唐中期の女流詩人薛濤《せっとう》（七七〇～八三二）の「春望詞 其三」を、七五調で翻案した作品。佐藤春夫《さとうはるお》は「つみ草」に、谷崎潤一郎《たにざきじゅんいちろう》夫人千代《ちよ》への思いを重ねている。原詩の大意は、「花は風に散り日足はしだいに伸びてくるが、恋人と結ばれる良い時はまだ遥《はる》かに遠い。心を同じくする人と結ばれないので、心を通わせる草を結び合わせるばかりだ。」となる。この絶句は、「水辺月夜の歌」「海辺の恋」「少年の日」などを収めた『殉情詩集』（一九二一年）の巻頭に、既に掲げられていた。佐藤春夫の強い思い入れがうかがわれる。薛濤は長安の良家の出身だったが、零落して妓女《ぎじょ》となり、白居易《はくきょい》らと交遊した。

一方、和訳文の大意は、「慌ただしく散る花を見るにつけ、嘆く私の思いは服の袂のように長い。愛情を傾けるべきあなたがいないので、愁《うれ》いに沈みながら土筆《つくし》を摘むばかりだ。」となる。原詩とその日本語訳は、個々の語彙が一対一で対応していないにもかかわらず、両者の内容が見事に一致しているという点で、名訳と言うべきものである。

音韻《おんいん》上の工夫が凝《こ》らされている点も特徴的で、「つくす」「摘む」「つくづくし」とツ音を反復、「長息《なげき》」「ながき」「なさけ」「なみ」と、ナ音を畳みかけた。さらに原詩の押韻《おういん》「老」「渺」「草」に配慮して、「花に」「なみ」「つくづくし」と、イ音の脚韻を踏んでいる。

なお、詩人は原詩を明《みん》の鐘惺《しょうせい》・譚元春《たんげんしゅん》共編『名媛詩帰《めいえんしき》』（勉善堂蔵板、清朝時代）に依《よ》った。

一九二一年集

高橋新吉

49

皿皿皿皿皿皿皿皿皿皿皿皿皿皿皿皿皿皿皿皿皿皿
倦怠
　額に蚯蚓《みみず》が這《は》ふ情熱
白米色のエプロンで
皿を拭《ふ》くな
鼻の巣の黒い女
其処《そこ》にも諧謔が燻《く》すぶつてゐる
　人生を水に溶かせ
冷《さ》めたシチユーの鍋に

〔出典〕『ダダイスト新吉の詩』中央美術社、一九二三（大正十二）年二月。初出は『シムーン』四月創刊号、一九二二（大正十一）年四月発行。初出題名「倦怠」。

＊49――『高橋新吉全集』（青土社、一九八二年）では「21」という番号が振られている。

＊皿――初出及び出典では二十二字。その後の詩集では皿の数はまちまちである。日本初のダダイズムの紹介記事「享楽主義の最新芸術」（『万朝報』一九二〇年八月十五日）に、「文字の組方が同じ頁の中に縦に組まれて居たり横に組まれて居たり甚だしきに至つては斜に組まれたりして居て、内容よりも外形に重きを置いてゐるやうな傾向がある」とある。

＊倦怠――第二行と最終行に繰り返されている、この詩の中心的な主題。

＊蚯蚓――日陰者という共通点において、詩人の分身。『ダダイスト新吉の詩』「36」に、「独身を守り／そのくせ何もしないらしい／無職者の蚯蚓」とある。

＊情熱――激しい仕事ぶりを反語的に表現した。「冷めたシチユー」と冷熱の対照をなす。

退屈が浮く
　皿を割れ
皿を割れば
倦怠の響《ひびき》が出る。

＊白米――『ダダイスト新吉の詩』の辻潤「跋」に、「N新聞社の食堂の飯盛り、――彼はその最後の職業によつて永い間充されなかつた口腹の慾望を充分に満足させた、とある時僕に話した。彼がタスキ掛けで働らいてゐるところへ、僕は二三度訪問した。」とある。
＊皿を拭く――石川啄木『一握の砂』に、「目の前の菓子皿などを／かりかりと噛みてみたくなりぬ／もどかしきかな」とある。
＊鼻の巣の黒い――鼻の穴が汚く見える様。「白米色のエプロン」と白黒の対照をなす。
＊諧謔――苦しい生活を自嘲する意識。
＊燻すぶつてゐる――語り手の人生を対象に投影した表現。
＊人生を水に溶かせ――激しい労働に追われ、自分自身の人生が溶解してゆく感覚。「拭くな」「溶かせ」「割れ」という禁止形・命令形が、作品の破壊的攻撃的性格と響き合う。

皿の字を縦に並べることで、食器が積み重なっているような視覚的効果を生んでいる作品。皿洗いの仕事に追われる貧しい反逆児高橋新吉《たかはししんきち》の倦怠感《けんたい》が、漢字の反復で即物的に表現されている。「皿皿〜」と無限に続く不毛さが、語り手の自嘲的な心理と響き合う。各行頭には高低がつけられており、活字の配置による実験的な試みが見られる。

詩人は「私と詩」(『現代詩の実験』)で、「これは私が毎日新聞の前身、日日《にちにち》新聞の調理部に一二カ月勤めたことがあるんだが、(中略)朝から晩まで立ちづめで、たくさんの皿を洗うのが私の役目であった」「数篇の詩を、私はここで皿を洗いながら書いた」と述べる。「身辺にあるものを何でも写生するようなつもりで書いた」この詩には、苦しい労働体験が組み込まれている。「額に蚯蚓《みみず》が這《は》ふ」とは、顔に汗が噴き出す不快な様子を指す。雇い主からは、「エプロンで／皿を拭《ふ》くな」と叱られたのだろう。「鼻の巣の黒い女」とは、同僚の女性を言ったものだろうか。人生の貴重な一日を、終日水仕事に費やしていることを、「人生を水に溶かせ」と述べ、洗いものの皿が浮く様子を「退屈が浮く」と表現した。

『ダダイスト新吉の詩』は、辻潤《つじじゅん》が詩人の意向を聞かずに編集したもので、「一九二二年集」とあるべきところを「一九一一年集」と誤植した総題のもと、「66」まで作品番号が振られている。「49」の詩は、一九五二年の『高橋新吉詩集』で「皿」と改題された。

落葉松

北原白秋

一

からまつの林を過ぎて、
からまつをしみじみと見き。
からまつはさびしかりけり。
たびゆくはさびしかりけり。

二

からまつの林を出《い》でて、
からまつの林に入《い》りぬ。
からまつの林に入りて、
また細く道はつづけり。

〔出典〕『水墨集』アルス、一九二三（大正十二）年六月。初出は『明星』第一巻第一号、一九二一（大正十）年十一月発行。初出総題「詩二十五章」、初出題名「落葉松 七章」。初出全掲載詩の末尾に「(以上、九月二十七日、三十日作)」とある。「四」の初出は『明星』第一巻第五号、一九二二（大正十一）年三月発行。初出題名「からまつ遺抄」。『白秋パンフレット2 落葉松 短章』アルス、一九二二年八月、に再録。

＊落葉松——中部地方の山地に生育する落葉高木。題名は「落葉松」だが、本文では音の響きを重視し、「からまつ」と平仮名になっている。「落葉松の黒い梢や枝々の金粉をまいたやうに新芽の出かゝる頃」（北原篁子「父白秋の像」（『回想の白秋』））の実景に基づく詩。

＊また細く道は——松尾芭蕉『おくのほそ道』を連想させ、旅愁を喚起する効果がある。

＊霧雨——秋の季語。軽井沢滞在は夏だったが、寂しさを基調とする詩の必然性から、霧雨が歌われた。作品で季節は明示されていな

三

からまつの林の奥も
わが通る道はありけり。
霧雨《きりさめ》のかかる道なり。
山風のかよふ道なり。

四

からまつの林の道は
われのみか、ひともかよひぬ。
ほそぼそと通ふ道なり。
さびさびといそぐ道なり。

五

からまつの林を過ぎて、

い。『水墨集』のルビ「きさめ」は誤植。
＊山風――白秋によればこの詩は、「からまつの細かな葉をわたる冷々とした風のそよぎ、さながらその自分の心の細かなそよぎ」（「ある作曲家に」）であると述べている。
＊ほそぼそと――道の細さを述べるのみならず、語り手の閑寂な情感をも表現している。
＊通ふ――第三連及び第四連第二行では、「かよふ」「かよひぬ」と平仮名表記。語り手の行為が、「通ふ」と漢字で表記されている。
＊さびさびと――北原白秋の造語。「寂しい」を連想させる。
＊ゆゑしらず――理由もなく。
＊歩みひそめつ――自然そのものの音に耳を傾けるため、足音を控え、ゆっくりと歩いた。
＊ささやきにけり――私が落葉松と心の中で囁き合った。声に出して「からまつ」と言ったのではない。北原篁子「父白秋の像」（『回想の白秋』）では、詩人自身が後者の説を「非常な誤り」と否定している。同書では、「四行づつが一つの詩」「一つづつ独立してゐますからその一つづつを味つて下さい。そし

ゆゑしらず歩みひそめつ。
からまつはさびしかりけり、
からまつとささやきにけり。

六

からまつの林を出でて、
浅間嶺《あさまね》にけぶり立つ見つ。
浅間嶺にけぶり立つ見つ。
からまつのまたそのうへに。

七

からまつの林の雨は
さびしけどいよよしづけし。
かんこ鳥鳴けるのみなる。
からまつの濡るるのみなる。

て又全体が続いてゐる連作です」とも述べる。
＊浅間嶺――浅間山。活火山。
＊けぶり立つ見つ――『伊勢物語』第八段に、「信濃の国、浅間の嶽にけぶりの立つを見て、／信濃なる浅間の嶽にたつ煙をちこち人の見やはとがめぬ」とある。リフレインによって、雄大な自然を目にした驚きと感嘆が表現されている。
＊かんこ鳥――郭公。松尾芭蕉の句に「うき我をさびしがらせよかんこどり」とある。
＊常なけど――無常だが。はなかいけれど。北原篁子「父白秋の像」（『回想の白秋』）に、「この世の中はあはれに愛しいものだ。そして無情ではあるがその中に（その世の中に）住めば明るくて嬉しいものだと言ふやうな事を父は言つてゐたと思ふ」とある。
＊山川に山がはの音――「山川」は山中の水流。「山川」「山がは」と表記が使い分けられているのは、山や川という並列の意味ではないことを示す小工夫。
＊からまつにからまつのかぜ――「山川に山がはの音」と同様、あるがままの自然を味わ

八

世の中よ、あはれなりけり。
常なけどうれしかりけり。
山川に山がはの音、
からまつにからまつのかぜ。

う姿勢が見られる。詩「境涯の讃」（『水墨集』）に「松ゆゑに松の風、／椎ゆゑに椎の涼かぜ。」、歌集『雀の卵』に「この山はたださうさうと音すなり松に松の風椎に椎の風」とある。芭蕉の言葉に、「松の事は松に習へ、竹の事は竹に習へ」（『三冊子』）がある。
＊出典には、「落葉松について」と題された次のような前書きがある。「落葉松の幽（かす）かなる、その風のこまかにさびしく物あはれなる、ただ心より心へと伝ふべし。また知らむ。その風はそのささやきは、また我が心の心のささやきなるを、読者よ、これらは声に出して歌ふべきはのものにあらず、ただ韻（ひびき）を韻とし、匂（にほひ）を匂とせよ。」

静かなカラマツ林の散策をテーマとした定型詩。北原白秋《きたはらはくしゅう》は一九二一（大正十）年八月二日から、軽井沢・星野《ほしの》温泉に滞在した。「落葉松《からまつ》」はこの時の体験に基づきつつ、小田原に帰宅後の九月下旬に作られたもの。リフレインを多用した五七調全八連の詩である。

語り手は、カラマツ林の中を貫く一本の道を独りで歩んで行く。そのため読者は、無意識のうちに、林間の道を人生行路に重ねながら読み進めることになる。「われ」の行動描写が第二連最終行まで続き、その後の二連は「道」の描写に転じて行く。そして第三連では、山風を「かよふ」と擬人化することにより、第四連「ひともかよひぬ」が自然に導かれた。孤独な散歩を続けるうち、次第に人恋しくなってゆく心理を、巧みに表現したものと言えよう。この年の四月、北原白秋は佐藤菊子と結婚し、穏やかで安定した生活を始めていた。

思わず朗読したくなる作品だが、白秋自身は音読を否定している。『水墨集』には、「落葉松について」と題された前書きがあり、「読者よ、これらは声に出して歌ふべききはのものにあらず」と述べている。なぜなら、「この細かな幽《かす》かな音無き音は、どんな音にでも現はすにはあまりに果敢《はか》なく薄く幽かなもの」（「ある作曲家に」）だからである。

初出は全七連で、第四連はなかった。その後「からまつ遺抄」を第四連として加え、『水墨集』の形に落ち着いた。なお、「落葉松」には非常に多くの作曲家が曲をつけている。

露

北原白秋

草の葉に揺れゐる露の
落ちんとし、いまだ落ちぬを、
落ちよとし、見つつ待ちゐて、
落ちにけり。驚きにけり。

〔出典〕『水墨集』アルス、一九二三（大正十二）年六月。初出は『明星』第一巻第六号、一九二二（大正十一）年四月発行。初出総題「短詩五十三章」。

＊露――現世のはかなさ、愛の頼りなさを暗示する。白秋は、一九一二年の収監事件や俊子との結婚・離婚を経て、一九一六年に江口章子（あやこ）と再婚した。しかし、一九二〇年の洋館起工の地鎮祭で乱闘事件が起こり、章子は雑誌記者と出奔、協議離婚となった。
＊揺れゐる――『水墨集』「序に代へて」に、「微風は、小竹（ささ）の葉の揺れを以て、初めてその姿を示現する」とある。
＊落ちんとし――一文字違いの「落ちよとし」と響き合い、静かなリズムを生んでいる。
＊落ちにけり。――「驚きにけり。」と一種の脚韻を踏む。「けり」の後の句点は、露の落下という一つの事態が完結したことを示す。
＊驚きにけり――露が落ちたことに驚くと同時に、自然の摂理そのものに驚嘆している。

直感的に感受した自然美をうたった短詩。詩人は心を研ぎ澄ませ、「草の葉に揺れゐる露」をじっと見つめ続けることにより、天然の本質的な美にうたれ、恍惚《こうこつ》としている。一滴の露の重みと、たわんだ草の葉の力の均衡が、一瞬にして破れ、露が落ちる。それは無心の観察者にとって、世界を驚かすほどの大事件となる。禅的な無我の境地とも言えるだろう。「露」には、北原白秋《きたはらはくしゅう》が『水墨集』「序に代へて」で強調する「詩の香気と品位」が、余すところなく現れており、一種の癒《いや》しの詩にもなっている。

一行目「草の葉に揺れゐる」からは、微《かす》かな風の存在が感じられる。心の感度を冴《さ》えわたらせることによって、初めて感じることのできるほどの微風である。このような詩人の姿勢から、穏やかな五七調の形式が選ばれた。また、「落ちん」「落ちぬ」「落ちよ」「落ちにけり」という同一動詞の様々な様態が、語り手の心のドラマをそのまま映し出している。自己を最小限に切り詰め、自然の摂理と虚心に向きあうことで初めて見えてくる自然の気韻を、「露」はみごとに描いた。

この詩からは、北原白秋の詩風が、初期の絢爛《けんらん》豪華たる南蛮趣味より大きく変化して来たことが明瞭にうかがわれる。『水墨集』「跋《ばつ》」には、「可《か》なりの悲惨な複雑な曲折を経てやうやうに」この境地に「辿《たど》りついた」とある。

梟《ふくろふ》の神の自ら歌つた謡《うた》
「銀の滴《しづく》降る降るまはりに」　　知里幸恵訳

「銀の滴降る降るまはりに、金の滴
降る降るまはりに。」と云ふ歌を私は歌ひながら
流《ながれ》に沿つて下り、人間の村の上を
通りながら下を眺めると
昔の貧乏人が今お金持になつてゐて、昔のお金持が
今の貧乏人になつてゐる様です。
海辺に人間の子供たちがおもちやの小弓に
おもちやの小矢《こや》をもつてあそんで居ります。
「銀の滴降る降るまはりに
金の滴降る降るまはりに。」といふ歌を

〔出典〕『アイヌ神謡集』郷土研究社、一九二三（大正十二）年八月。初出同上。
＊梟——シマフクロウ。村を守る神と考えられていた。絶滅が危惧されている天然記念物。
＊銀の滴——原文「shirokanipe（シロカニペ）」。「shirokani」は日本語シロガネ（銀）からの借用語。「pe」は広く水を意味する。ここでは、「pe」を「水」ではなく、「滴」と訳している。知里幸恵の優れた日本語感覚のあらわれである。
＊降る降る——原文「ranran（ランラン）」の繰り返しの響きを生かした訳。北原白秋「城ヶ島の雨」（『白秋小唄集』一九一九年）に、「雨はふるふる、城ケ島の磯に」とある。
＊まはりに——原文「pishkan（ピシカン）」。
＊金の滴——原文「konkanipe（コンカニペ）」。「konkani」は日本語コガネ（黄金）の借用語。
＊人間の村——原文「ainukotan（アイヌコタン）」。アイヌは人間、コタンは村の意。この箇所は、『知里幸恵ノート』の形と異なる。知里幸恵は、神謡を日本語に訳すと同時に、アイヌ語原文に介入し編集を行った。四回反

歌ひながら子供等《ら》の上を
通りますと、（子供等は）私の下を走りながら
云ふことには、
「美《うつく》しい鳥！　神様の鳥！
さあ、矢を射てあの鳥
神様の鳥を射当てたものは、一ばんさきに取つた者は
ほんとうの勇者ほんとうの強者だぞ。」
云ひながら、昔貧乏人で今お金持になつてる者の
子供等は、金の小弓に金の小矢を
番《つが》へて私を射ますと、金の小矢を
私は下を通したり上を通したりしました。
其《そ》の中に、子供等の中に
一人の子供がたゞの（木製の）小弓にたゞの小矢
を持つて仲間にはいつてゐます。私はそれを見ると
貧乏人の子らしく、着物でも

復されていた「村」の記述は、一回に変更されている。活字化に際し、口承文芸の繰り返しの要素を冗長と考え削除した。

＊おもちやの小弓――知里幸恵による原訳注「昔は男の子が少し大きくなると、小さい弓矢を作つて与へます。子供はそれで樹木や鳥などを的に射て遊び、知らずしらずの中に弓矢の術に上達します。ak ……は弓術 shinot は遊戯 ponai は小矢。」。

＊眼色――原訳注「shiktumorke……眼つき。人の素性を知らうと思ふ時は、その眼を見ると一ばんよくわかると申しまして、少しキヨロキヨロしたりすると叱られます。」。

＊自分も――原文「Anihi nakka」。「彼（貧乏人の子）も」の意。

＊あらをかしや――原訳注「achikara ……（汚い）といふ意味。」。

＊お取りにならない――原訳注「鳥やけものが人に射落されるのは、人の作つた矢が欲しいので、その矢を取るのだと言ひます。」。

＊神謡――幸恵の弟にあたるアイヌ語学者知里真志保（ちりましほ、一九〇九〜一九六

それがわかります。けれどもその眼色を
よく見ると、えらい人の子孫らしく、一人変り
者になつて仲間入りをしてゐます。自分もたゞの小弓
に
たゞの小矢を番へて私をねらひますと、
昔貧乏人で今金持の子供等は大笑ひをして
云ふには、
「あらをかしや貧乏の子
あの鳥神様の鳥は私たちの
金の小矢でもお取りにならないものを、お前の様な
貧乏な子のたゞの矢腐れ木の矢を
あの鳥神様の鳥がよくよく
取るだらうよ。」
と云つて、貧しい子を足蹴《あしげ》にしたり
たゝいたりします。けれども貧乏な子は

一）の「神謡について」（『アイヌ神謡集』岩波文庫）によれば、アイヌ文学はまず散文物語と韻文物語（ユーカラ）に分かれ、韻文物語は神のユーカラ（神謡）と人間のユーカラに分類される。神のユーカラには自然神謡（カムイユカル）と人文神謡（オイナ）がある。「梟の神の自ら歌つた謡」は、カムイユカルにあたる。神謡には「折返し（サケヘ）」と呼ばれるリフレインがあり、この作品では計五回繰り返される「銀の滴降る降るまはりに、金の滴降る降るまはりに」がこれに相当。
＊『アイヌ神謡集』「序」に次のようにある。其（そ）の昔此（こ）の広い北海道は、私たちの先祖の自由の天地でありました。天真爛漫な稚児の様に、美しい大自然に抱擁されてのんびりと楽しく生活してゐた彼等は、真に自然の寵児、何と云ふ幸福な人だちであつたでせう。（中略）平和の境、それも今は昔、夢は破れて幾十年、此（こ）の地は急速な変転をなし、山野は村に、村は町にと次第々々に開けてゆく。（中略）アイヌに生れアイヌ語の中に生ひたつた私は、雨の宵雪の夜、暇

ちつとも構はず私をねらつてゐます。
私はそのさまを見ると、大層不憫に思ひました。
「銀の滴降る降るまはりに、
金の滴降る降るまはりに。」といふ歌を
歌ひながらゆつくりと大空に
私は輪をゑがいてゐました。（以下略）

ある毎に打集（うちつど）ふて私たちの先祖が語り興じたいろいろな物語の中極（ご）く小さな話の一つ二つを拙ない筆に書連ねました。私たちを知つて下さる多くの方に読んでいたゞく事が出来ますならば、私は、私たちの同族祖先と共にほんとうに無限の喜び、無上の幸福に存じます。

全二百三十行に及ぶ、アイヌ神謡《しんよう》の長編叙事詩。貧しい者が、村の守護神である梟《ふくろう》の恵みを得て村長になるという物語。出典では、アルファベットによるアイヌ語表記と日本語訳とが並べられている。アイヌの才媛《さいえん》知里《ちり》幸恵《ゆきえ》による日本語は、極めて美しい。

　貧しい子が金持ちの子供にいじめられているのを見た梟は、わざと貧乏人の放った矢に当たり、貧乏な子の家に宝を降らせる。豊かになった貧乏人が金持ち達を招待すると、金持ちは今までの非礼を詫びた。一同は仲直りをし、村はそれから豊かに暮らしたのだった。

「銀の滴《しずく》降る降るまはりに、金の滴降る降るまはりに」は、作品中計五回繰り返されている。原文で「Shirokanipe《シロカニペ》 ranran《ランラン》 pishkan《ピシカン》, konkanipe《コンカニペ》 ranran《ランラン》 pishkan《ピシカン》」とあるこの文句は、「折返し」と呼ばれるリフレインで、アイヌ神謡の必須の要素である。筆記ノートでは当初、「あたりに降る降る銀の水／あたりに降る降る金の水」と直訳されていたが、日本語訳の推敲《すいこう》を経て、「銀の滴」という美しいフレーズが生み出された。知里幸恵は、西條八十《さいじょうやそ》の童謡などに親しんでおり、日本語アイヌ語の双方で優れた言語感覚を持っていた。

　『アイヌ神謡集』は、言語学者金田一京助《きんだいちきょうすけ》（一八八二～一九七一）を通じて出版された。旭川《あさひかわ》近郊近文《ちかぶみ》を訪れた金田一は、伝承文学に通じたアイヌの少女知里幸恵を知り、神謡の筆記を勧める。その後幸恵は上京するが、まもなく病死した。享年十九歳だった。

序

宮沢賢治

わたくしといふ現象は
仮定された有機交流電燈の
ひとつの青い照明です
（あらゆる透明な幽霊の複合体）
風景やみんなといつしよに
せはしくせはしく明滅しながら
いかにもたしかにともりつづける
因果交流電燈の
ひとつの青い照明です
（ひかりはたもち、その電燈は失はれ）

［出典］『春と修羅』関根書店、一九二四（大正十三）年四月。初出同上。

＊わたくし――「みんな」と対になって用いられている言葉。作品中に用例が四例ある。

＊現象――宮沢賢治独特の用語。不確実不安定なものを指す。永遠不変の「本体」（第三連第三行）の対極が「現象」。詩「過去情炎」に、「なにもかもみんなあてにならない／これらげんしやうのせかいのなかで」とある。

＊仮定された――生命が仮のものであること。

＊有機――ここでは生身の肉体を意味する。

＊交流――直流に対する交流。「わたくし」「みんな」の相互の密接なつながりを暗示。

＊ひとつの――謙虚さと自負がないまぜになった表現。「序」では三例使われている。

＊青い――賢治の好んだ色。憂鬱や苦しみ。

＊あらゆる――過去及び現在の人類全体を表す表現。「序」には「みんな」が六例、「すべて」が四例、「あらゆる」が一例見られる。

＊透明――高い精神性を示す賢治独特の用語。

＊みんなといつしよ――大乗仏教的理念。一九二六年十二月十二日付宮沢政次郎宛書簡に、

これらは二十二箇月の
過去とかんずる方角から
紙と鉱質インクをつらね
（すべてわたくしと明滅し
　みんなが同時に感ずるもの）
ここまでたもちつゞけられた
かげとひかりのひとくさりづつ
そのとほりの心象スケツチです

これらについて人や銀河や修羅や海胆《うに》は
宇宙塵《ちん》をたべ、または空気や塩水を呼吸しながら
それぞれ新鮮な本体論もかんがへませうが
それらも畢竟《ひつきやう》こゝろのひとつの風物です
たゞたしかに記録されたこれらのけしきは
記録されたそのとほりのこのけしきで

「みんなといっしょに無上菩提に至る橋梁を架し、みなさまの御恩に報ひやうと思ひます」とある。また「銀河鉄道の夜」に、「あらゆるひとのいちばんの幸福をさがしみんなと一しょに早くそこに行くがいゝ」とある。

＊明滅――「交流電燈」が一秒間に五、六十回点滅を繰り返すイメージ。人間の眼はその点滅を知覚できず、「いかにもたしかにともりつづける」ように見える。一九一九年八月上旬保阪嘉内宛書簡に、「石丸博士も保阪さんもみな私のなかに明滅する。みんなみんな私の中に事件が起る」とある。

＊ひかりはたもち――たとえ「その電燈」が「失はれ」た後でも、光は一定の速度で永遠に進み続ける。即ち、詩集に盛られた理想が、自分の死後も永遠に残ることを願ったもの。

＊二十二箇月――『春と修羅』は、一九二二年一月六日以降の二十四か月分の作品を所収。追加された末尾二篇を除き「二十二箇月」。

＊過去とかんずる方角――人間の認識は全て不確実なものだとする考え方に基づく表現。

＊紙と鉱質インク――詩集の即物的表現。

それが虚無ならば虚無自身がこのとほりで
ある程度まではみんなに共通いたします
（すべてがわたくしの中のみんなであるやうに
　みんなのおのおののなかのすべてですから）

けれどもこれら新世代沖積世《ちゆうせきせい》の
巨大に明るい時間の集積のなかで
正しくうつされた筈《はず》のこれらのことばが
わづかその一点にも均《ひと》しい明暗のうちに
　（あるひは修羅の十億年）
すでにはやくもその組立や質を変じ
しかもわたくしも印刷者も
それを変らないとして感ずることは
傾向としてはあり得ます
けだしわれわれがわれわれの感官《かんくわん》や

＊つらね――万物が相関する、連続的で線状のイメージが表れた表現。「ひとくさり」「因果」「たもちつゞけ」等に通じる意識がある。
＊心象スケッチ――地質学のフィールドワークを応用した創作法。野山を歩きながら、心に浮かんだことをそのまま記録してゆく手法。
＊人や銀河や修羅や海胆――詩集読者の暗喩。「みんな」を具体的に言い換えた。「銀河」「修羅」「海胆」を、それぞれ喜び争い苦しみの象徴とする解釈がある。海胆は三陸海岸の名物。読者が様々に受け取ることを、「それぞれ新鮮な本体論もかんがへ」ると表現した。
＊塩水――「海胆」からの連想。
＊それら――詩集読者の様々な感想。
＊畢竟こゝろの――仏教の唯心論的発想。
＊これらのけしき――『春と修羅』に収録の全ての詩。「記録」は心象スケッチの手法。
＊そのとほりのこのけしき――自分の作品を謙遜しつつ、「そのとほりの」と述べている。
＊けれども――逆説。詩人は第二連で、自作詩を「虚無」と謙遜する。しかし第三連では一転、二千年後には作者自身が思いもよらな

風景や人物をかんずるやうに
そしてたゞ共通に感ずるだけであるやうに
記録や歴史、あるひは地史といふものも
それのいろいろの論料《データ》といつしよに
（因果の時空的制約のもとに）
われわれがかんじてゐるのに過ぎません
おそらくこれから二千年もたつたころは
それ相当のちがつた地質学が流用され
相当した証拠もまた次次過去から現出し
みんなは二千年ぐらゐ前には
青ぞらいつぱいの無色な孔雀が居たとおもひ
新進の大学士たちは気圏のいちばんの上層
きらびやかな氷窒素のあたりから
すてきな化石を発掘したり
あるひは白堊紀《はくあき》砂岩の層面に

い高い評価をされるかも知れないと期待する。

＊新世代沖積世――約一万年前から現在まで。本来は「新生代」と表記すべきところ。

＊巨大に明るい時間の集積――長い人類の歴史が「集積」されて自分の中にあるという発想。「透明な幽霊の複合体」に通じる。

＊一点にも均しい――人生（「明暗」）も、地質学的時間観念からすると一瞬にすぎない。

＊修羅の十億年――人間の一生が、「修羅」である自分には「十億年」にも感じられること。「一点にも均しい」の対極。

＊組立や質を変じ――詩集の読者が、作者の意図とは異なる詩の受け取り方をすること。

＊感官――感覚器官の知覚作用。

＊因果の時空的制約のもとに――限られた時間空間を生きる一人の人間として、という意。出典の「時空的制約のものとに」は誤植。正誤表で「もとに」と訂正されている。

＊地質学――盛岡高等農林学校で学んだ学問。

＊孔雀――「インドラの網」に、「空一ぱいの不思議な大きな蒼い孔雀」とある。

＊新進の大学士たち――二行前の素朴な「み

透明な人類の巨大な足跡を
発見するかもしれません
すべてこれらの命題は
心象や時間それ自身の性質として
第四次延長のなかで主張されます

大正十三年一月廿日

宮沢賢治

んな」との対比。科学的に発掘や発見を行う。
＊氷窒素――窒素は酸素より軽い。「気圏のいちばんの上層」とあるのはそのため。
＊発堀――「掘」の誤植か。
＊白堊紀――一億四千万年前から七千万年前まで。アンモナイトなどの化石が発掘される。
＊巨大な足跡――自作詩の暗喩。「透明な」は、肯定的に使われる詩人独特の形容詞。
＊発見するかもしれません――自分の詩は、「二千年」後に評価されるはずだという自負。
＊命題――ここでは「序」に示された賢治の思想を指す。「命題」は真偽の判定が可能。
＊第四次延長――優れた理念の世界。成瀬関次『第四次延長の世界』の影響を受けた概念。

宮沢賢治《みやざわけんじ》が自己の世界観・文学観を宣言した難解な序論。宗教的信念と科学的発想が一体となった説明が行われている。その趣旨を敢《あ》えて単純化し要約すると、次のようになる。自己紹介の第一連に続き、第二連では、この詩集は私の個人的な「心象スケッチ」にすぎないと謙遜する。しかし第三連に入ると、自分の作品はきっと読者に共感してもらえると述べ、第四連では一歩進めて、二千年後には必ず発掘される名作であると自負している。詩人は自己を、肉体の「電燈」に灯る魂の「照明」と定義する。また、自分は孤立した存在ではなく、「わたくしの中」に「みんな」があると考えた。この大乗仏教的発想から、「交流」「幽霊の複合体」「いつしよ」「すべて」「同時」「共通」などの表現が導き出された。

一方賢治は文学を、自然現象を客観的に記述する科学のように心を「記録」するものとみなす。それが「心象スケッチ」「こゝろのひとつの風物」「正しくうつされた筈《はず》の」言葉である。それは「感ずるもの」「感ずるだけ」である故に、「虚無」に過ぎない一面がある。

しかし、詩人の内面は「ある程度まではみんなに共通」し、「変らないとして感ずる」「傾向」がある。これは一種の「記録や歴史」であるから、彼の作品は「二千年もたつたころ」には、「地質学」が「過去」を明らかにするように、「すてきな化石」「人類の巨大な足跡」として発掘される可能性がある。宮沢賢治はそこに希望を託し、「序」を書いたのだった。

永訣の朝

宮沢賢治

けふのうちに
とほくへいつてしまふわたくしのいもうとよ
みぞれがふつておもてはへんにあかるいのだ
　（あめゆじゆとてちてけんじや）
うすあかくいつさう陰惨《いんざん》な雲から
みぞれはびちよびちよふつてくる
　（あめゆじゆとてちてけんじや）
青い蓴菜《じゆんさい》のもやうのついた
これらふたつのかけた陶椀《たうわん》に
おまへがたべるあめゆきをとらうとして
わたくしはまがつたてつぽうだまのやうに

〔出典〕『春と修羅』関根書店、一九二四（大正十三）年四月。初出同上。『銅鑼』第九号、一九二六（大正十五）年十二月発行、に再録。

＊永訣の朝――信仰上の新たな出発でもある。

＊けふのうちに――今日中に死ぬという断定は、この詩が後日の制作であることを示す。

＊みぞれ――「びちよびちよ沈んでくる」とされ、妹の望んだ「あめゆじゆ」「あめゆき」とはイメージが異なる。「わたくし」が実際に取って来たのは「うつくしい雪」「ゆき」。

＊へんにあかるい――病室はそれ程暗い。四十二行目に「くらいびやうぶやかや」とある。

＊あめゆじゆ――希望の象徴。雪を取って来て欲しいというトシの依頼を受けて、「わたくしもまっすぐにすすんでいく」と決意する。

＊とてちてけんじや――花巻方言。幼児期の回想が込められている。発言自体を文学的虚構とする説もある。関連作品「手紙四」では、「雨雪とって来てやろか」と、少年の側から申し出ている。なお、四回反復される「あめゆじゆとてちてけんじや」は、刻々変化する

このくらいみぞれのなかに飛びだした
　　（あめゆじゆとてちてけんじや）
蒼鉛《さうえん》いろの暗い雲から
みぞれはびちよびちよ沈んでくる
ああとし子
死ぬといふいまごろになつて
わたくしをいつしやうあかるくするために
こんなさつぱりした雪のひとわんを
おまへはわたくしにたのんだのだ
ありがたうわたくしのけなげないもうとよ
わたくしもまつすぐにすすんでいくから
　　（あめゆじゆとてちてけんじや）
はげしいはげしい熱やあえぎのあひだから
おまへはわたくしにたのんだのだ
　銀河や太陽、気圏などとよばれたせかいの

語り手の内面を物語る。第一例は、病床で妹が語った発話。第二例では、妹の何気ない頼み事を、希望を生む重要な言葉と受けとめる。第三例には、必ず妹の願いをかなえねばという切迫感が表れている。第四例では、妹の言葉が荘厳な響きで語り手の心中に反響する。
＊ふたつのかけた陶椀——質素な生活姿勢や語り手の欠落感を象徴する。この詩には「ふたつの」「ふたきれ」「二相系」「ふたわん」と、兄妹の連帯を印象付ける数詞が四例ある。
＊まがつたてつぽうだま——悲しみに屈する心情と、必死な思いを、同時に表現したもの。二十二行目「まつすぐにすすんで」との対比。
＊蒼鉛いろ——赤みを帯びた灰色。五行目に「うすあかくいつさう陰惨な雲」とある。蒼鉛は金属元素ビスマス（Bi）で、顔料となる。
＊とし子——宮沢トシ。一八九八年生。花巻高等女学校を経て日本女子大学卒。花巻高女教諭となる。賢治の法華経信仰を心から理解していたほぼ唯一の存在。信仰の同志でもある妹を、ここでは愛情を込めて「とし子」と呼んだ。「おまへ」が七例、家族を意識させ

そらからおちた雪のさいごのひとわんを……
……ふたきれのみかげせきざいに
みぞれはさびしくたまつてゐる
わたくしはそのうへにあぶなくたち
雪と水とのまつしろな二《に》相系《さうけい》をたもち
すきとほるつめたい雫《しづく》にみちた
このつややかな松のえだから
わたくしのやさしいいもうとの
さいごのたべものをもらつていかう
わたしたちがいつしよにそだつてきたあひだ
みなれたちやわんのこの藍《あゐ》のもやうにも
もうけふおまへはわかれてしまふ
(Ora Orade Shitori egumo)
ほんたうにけふおまへはわかれてしまふ
あぁあのとざされた病室の

る「わたしたち」一例、「いもうと」四例。「銀河鉄道の夜」のジョバンニとカムパネルラは、賢治とトシの分身的性格を持つ。

＊ひとわん——二十七行目にも「ひとわん」とある。一方、九行目「ふたつのかけた陶椀」、五十二行目「ふたわん」とある。「ひとわん」依頼されたが、「ふたわん」取って来た。五十五行目に「おまへとみんなとに」とある。もうひとわんは、「みんな」のため。

＊ありがたう——依頼行為自体への感謝。

＊まつすぐに——ジョバンニは「きっとまっすぐに進みます」(「銀河鉄道の夜」)と誓う。

＊みかげせきざい——白黒が混在する御影石は、明暗が交錯するこの詩の内容と響き合う。

＊あぶなくたち——不安な心の反映でもある。

＊Ora Orade——死を覚悟した言葉。その衝撃を伝えるため、推敲過程でローマ字に変更され、方言が西洋語の祈禱のように響く効果が生じた。「ora」はラテン語の祈りを連想させる音。「ひとりいきます」には、信仰の道を行く決意も重ねられている。妹の発言であると共に、語り手の意識も反映しているた

くらいびやうぶやかやのなかに
やさしくあをじろく燃えてゐる
わたくしのけなげないもうとよ
この雪はどこをえらばうにも
あんまりどこもまつしろなのだ
あんなおそろしいみだれたそらから
このうつくしい雪がきたのだ
　　（うまれでくるたて
　　　こんどはこたにわりやのごとばかりで
　　　くるしまなあよにうまれてくる）
おまへがたべるこのふたわんのゆきに
わたくしはいまこころからいのる
どうかこれが天上のアイスクリームになつて
おまへとみんなとに聖《きよ》い資糧をもたらすやうに
わたくしのすべてのさいはひをかけてねがふ

め、詩中の他の（）とは字下げ数が異なる。
＊ほんたうに――前行の妹の言葉から、死別が迫っていることを改めて痛切に実感した。
＊びやうぶやかや――結核の病人を安静に保つため。世間体を憚るためという説もある。
＊あをじろく――発火した燐のイメージ。賢治にとって青白い色は来世の象徴でもあった。
＊けなげな――「Ora Orade Shitori egumo」という妹の覚悟の表明を受けた言葉。
＊雪がきたのだ――水の変相の効果的表現。「みだれたそら」の「暗い雲」は、地上で「うつくしい雪」に変わる。暗から明へ変化した雪は、希望そのものであり、「くらい」病室で苦しむ妹の天への転生の祈りと重なる。三行目「おもてはへんにあかるい」は暗雲に対する雪の明るさ、十八行目「あかるくするために」は、暗い修羅に対する信仰の明るさ。
＊うまれでくるたて――父政次郎に「何かいうことがないか」と尋ねられたトシが答えた言葉（森荘已池『宮沢賢治と三人の女性』）。全人類の苦悩の救済を目指す意志を表明した。
＊天上のアイスクリーム――現世の連想を嫌

註
※あめゆきとつてきてください
※あたしはあたしでひとりいきます
※またひとにうまれてくるときは
こんなにじぶんのことばかりで
くるしまないやうにうまれてきます

い、宮沢家所蔵手入本で「兜卒の天の食に変つて」と訂正した。「兜卒の天」とは、弥勒菩薩が住む聖なる世界。トシが東京で入院した時、賢治は妹にアイスクリームを食べさせた(一九一九年一月六日付宮沢政次郎宛書簡)。
＊おまへとみんなとに——全ての人の幸福を願う大乗仏教的な考え方。詩「青森挽歌」に、「わたくしはただの一どたりと／あいつだけがいいとこに行けばいいと／さういのりはしなかつたとおもひます」とある。また「手紙四」に、「すべてのいきもののほんたうの幸福をさがさなければいけない」とある。
＊資糧——旅の資金と食糧。死出の旅を意識。「しりやう」または「かて」と読む。

宮沢賢治《みやざわけんじ》の妹トシは、一九二二（大正十一）年十一月二十七日午後八時半、満二十四歳で亡くなった。結核だった。この作品は、愛する妹との永遠の別れ（＝永訣）に取材して、翌一九二三年八月頃に作られた挽歌《ばんか》である。高村光太郎《たかむらこうたろう》「レモン哀歌」にも影響を与えた。「みぞれ」「あめゆじゆ」は、固体の雪でも液体の雨でもない境界的存在（＝二相系《にそうけい》）である。その不安定さは、生死の狭間《はざま》でゆれているトシの姿を暗示する。詩人は妹との死別の悲しみに耐えられず、「押入をあけて、ふとんをかぶつてしまつて、おいおいと泣きました」（森荘已池《もりそういち》『宮沢賢治と三人の女性』）と、付き添った細川キヨが語っている。

賢治にとって妹は、信仰上の同志でもあった。トシは「またひとにうまれてくるときは／こんなにじぶんのことばかりで／くるしまないやうにうまれてきます」と言う。これは、人を救う仕事ができる健康な体で生まれて来たいという意味であり、信仰に基づく発言である。この言葉は、宮沢賢治が自分の理想をトシの口から語らせたものかも知れない。

呪文のように反復される「あめゆじゆとてちてけんじや」の「みぞれ」は、病熱をさますものであると同時に、天地をつなぐ希望の象徴でもある。「暗い雲」が変化した「うつくしい雪」は、水の本体を保ったまま暗から明へと転じているからである。賢治は妹の言葉を希望希求のメッセージと解釈し、何気ない一言に重大な意味を見出したのだった。

都に雨の降るごとく

ポオル　ヴェルレエヌ作
鈴木信太郎訳

都にはしめやかに雨が降る。
（アルテュル　ランボオ）

都に雨の降るごとく
わが心にも涙ふる。
心の底ににじみいる
この侘《わび》しさは何ならむ。

大地に屋根に降りしきる
雨のひびきのしめやかさ。
うらさびわたる心には

［出典］『近代仏蘭西象徴詩抄』春陽堂、一九二四（大正十三）年九月。初出未詳。
＊都にはしめやかに雨が降る――この引用は、ランボーの作品には見当たらない。
＊アルテュル　ランボオ――Jean-Nicolas Arthur Rimbaud、一八五四～一八九一。ヴェルレーヌは一八七一年、十歳年下のランボーと出会い、その作品に感動した。
＊都――原文は「町・都会（ville）」。堀口大学はこれを「巷」と訳した。ヴェルレーヌは当時ロンドンに滞在中だった。
＊雨の降るごとく――「雨」及び動詞「降る」が各四回繰り返されており、瀟條たる風景が展開している。一・二行目には、比喩するものと比喩されるもの、実景と心象風景の巧みな逆転がある。実際は、涙のように（内景）雨が降っている（外景）のだが、これを「雨の降るごとく」涙が降っていると、発想を転換した。この工夫によって、雨と涙は渾然一体となり、大きな効果を発揮している。
＊わが心――作品には「心」が五例使われている。「わが心」「心の底」「うらさびわたる

おお雨の音雨の歌。

かなしみうれふこの心
いはれもなくて涙ふる。
うらみの思《おもひ》あらばこそ。
ゆゑだもあらぬこのなげき。

恋も憎《にくみ》もあらずして
いかなるゆゑにわが心
かくも悩むか知らぬこそ
悩《なやみ》のうちのなやみなれ。

心」「この心」と、多様な表現が見られる。
＊佗しさ——悲哀を表す言葉として、他に「しめやかさ」「うらさびわたる」「かなしみうれふ」「うらみの思」「なげき」「悩む」と、様々な日本語の語彙が総動員されている。
＊大地——出典ではルビ「おほち」。『ヴェルレエヌ詩集』（一九四七年）では「たいち」。
＊かなしみうれふ——『ヴェルレエヌ詩集』（一九四七年）では、「かなしみうれふる」。
＊うらみの思あらばこそ——原詩は「なに！裏切りもない？（Quoi! nulle trahison?…）」。堀口大学訳『月下の一群』は、「何事ぞ！裏切もなきにあらずや?」と原文重視。仏文学者鈴木信太郎の訳は、文語体七五調の意訳。
＊ゆゑだもあらぬ——はっきりした理由すらない。
＊悩のうちのなやみなれ——原詩は「実に最悪の苦しみである（C'est bien la pire peine）」。

雨に託して悲しみを語った無題の詩を、七五調四連で翻訳した作品。ヴェルレーヌは、ランボーとの同性愛のもつれからピストルを発砲して逮捕された。原詩が収められている詩集『言葉なき恋歌（Romances sans paroles）』は、服役中の一八七四年の刊行である。

「都に雨の降るごとく」は、上田敏《うえだびん》訳「落葉《らくえふ》」と同様、漠然とした悲哀を表現している。詩人の哀感が茫漠《ぼうばく》としたものであることが、「この侘《わび》しさは何ならむ」「いはれもなくて」「ゆゑだもあらぬ」「いかなるゆゑにわが心／かくも悩むか知らぬこそ」と、反復して述べられている。このデカダンスの詩人は、常に生の本源的な悲しみを抱えていたのである。

第一連で語り手は、実景である雨を、涙という内景に重ね合わせる。第二連では雨に耳を傾け、「雨のひびき」「雨の音」「雨の歌」と聴覚表現を繰り返す。それは心中に響く淋しい内面の音でもあった。続いて、自分の悲哀が明確な理由のないものであることを第三連で述べ、最終第四連では、生きていることそのものの本質的な哀感をうたいあげる。

なおこの詩は、『月下の一群』（一九二五年）の堀口大学《ほりぐちだいがく》訳でも親しまれている。その第一連は次の通り。「巷《ちまた》に雨の降る如く／われの心に涙ふる。／かくも心に滲《にじ》み入る／この悲みは何ならん？」。堀口訳の初出は一九一七年一月と、鈴木訳に比べて早いが、堀口大学はその後も訳詩に手を加え続けており、両者は相互に影響しあっていたと推測される。

春の河

山村暮鳥

たつぷりと
春の河は
ながれてゐるのか
ゐないのか
ういてゐる
藁《わら》くずのうごくので
それとしられる

［出典］『雲』イデア書院、一九二五（大正十四）年一月。初出未詳。
＊たつぷりと――「ゆっくりと」とは異なり、精神的な豊かさをも含む表現。
＊春の河――敢えて「河」の字を当てることで、雪解け水を集める春の河川の、流水量の多さを印象づけた。当時暮鳥は、茨城県の那珂川河口近くに住んでいた。河口付近では、満ち潮になると水流が極めてゆるやかになる。
＊ゐないのか――肯定疑問文と思わせておいて、のちに否定疑問文に転じる意外性がある。
＊ういてゐる――心の軽やかさを表すと同時に、暮鳥の漂泊の人生をも暗示する。
＊藁くず――詩人の自己イメージの投影。藁は米を生み出す実用的役割を果したが、それが今や役に立たない屑となって流されて行く。花や葉ではない点に注意したい。歴史的仮名遣いでは、「くづ」とあるべきところ。
＊それとしられる――川の水が動いているとわかる。

ゆったりと動く川を見つめ続ける詩人の姿には、深い倦怠感《けんたい》が潜んでいる。語り手は一歩も動くことなく、身じろぎすら億劫《おっくう》だと言わんばかりに、時間の流れの中でじっと止まったままである。「春の河」からは、精神的に疲れ切った一人の男の姿が浮かび上がる。

山村暮鳥《やまむらぼちょう》は、一九一八（大正七）年九月に喀血《かっけつ》、一九二〇（大正九）年二月には、結核患者かつキリスト教徒という理由で、理不尽にも福島県平《たいら》から村民に追い出された。「春の河」が描くのは、穏やかな景色の中で、肉体的にも内面的にも疲れ果てた中年男が、静かに体と心を癒《いや》す姿にほかならない。一見単なる自然描写にすぎないこの詩が、不思議な精神的魅力を湛《たた》えている理由もここにある。

心身ともに傷ついた一人の人間が、田園で病を養っている。「たっぷりと」という独立した一行からは、天然の豊饒《ほうじょう》さを全身全霊で感じ取る詩人の境地が感じられる。静かな幸福感。万苦の後の安らぎ。孤独なる憩《いこ》い。衰弱の中の充実感。重い過去を抱えた暮鳥は、自分を辛《かろ》うじて支えながら、春の豊かさに心を寛《くつろ》がせる。行間からは、深い諦《あきら》めが滲《にじ》み出て来る。磨《す》り減った心と体は、「たっぷりと」流れる春の水に癒され、よみがえるのだ。

行雲流水《こううんりゅうすい》という言葉がある。「春の河」も「雲」も、こだわりなく流れて行くものであり、晩年の山村暮鳥自身、そのような東洋的境地に達していたと考えられている。

おなじく

山村暮鳥

おうい雲よ
ゆうゆうと
馬鹿にのんきそうぢやないか
どこまでゆくんだ
ずつと磐城《いはき》平《たひら》の方までゆくんか

〔出典〕『雲』イデア書院、一九二五（大正十四）年一月。初出は『みみづく』第二年第一号、一九二四（大正十三）年一月発行。初出総題「病床にて他三編」、初出題名「友らをおもふ」。

＊おなじく——この詩の直前に「雲」という作品がある。「おなじく」とは「雲」の意。

＊雲——詩集『雲』で、「おなじく」の直後に置かれている詩「ある時」には、「雲もまた自分のようだ／自分のように／すつかり途方にくれてゐるのだ」とある。

＊のんきそう——原文のまま。誤植であろう。初出は「のんきさう」。

＊磐城平——福島県いわき市。その中心が「平」。「おなじく」は、平で発行された同人誌『みみづく』に発表された。初出題名に「友らをおもふ」とあり、当初は、信仰を共にする人々への思いを語った作品として位置づけられていた。

＊ゆくんか——素朴な口語的表現を導入した。

病気の信者を気遣った詩。平《たいら》在住の信徒斎藤千枝（一八九四〜一九二四）は、胸を患《わずら》っていた。彼女に宛てた一九二三（大正十二）年七月二十三日付の、親愛の情に満ちた書簡に、「おうい、雲よ／千枝子の方へゆくんか。平の方へ」とあり、これが作品の原形である。

一九一二年九月、山村暮鳥《やまむらぼちょう》は伝道師として平の新田町講義所に赴任する。この地に在任中結婚、一九一八年一月に水戸に転じた。さらに一九二〇年一月、結核療養のため平町の知人吉野義也の新築した家に移住するが、村民から激しい迫害を受け、十数日で転居した。

詩人にとって「磐城平《いはきたひら》」は、つかの間の幸福を味わった新婚生活の地であり、しかも自分を慕う病身の女性が暮らす町でもあった。しかし「おなじく」は、このような背景を前面に打ち出さず、曖昧《あいまい》なままにとどめている。その結果、地名の意味を読者が自由に想像することが可能になった。詩には、老荘《ろうそう》的な悠然《ゆうぜん》たる心境も表れている。

当時、詩人は茨城県大洗《おおあらい》海岸に住んでいた。平まで八十キロ程の距離である。方角からすると、雲は暖かい南風に流されていたことになる。手紙が出された時、季節は夏だった。暮鳥は『感情』一九一六年十一月号に、ボードレール「無韻小詩」の「変り者」の翻訳を掲載した。その最終行に、「わたしはあの雲を愛します・・・空をさまよつて行く雲を、彼方《かなた》へ・・・あの驚くべき雲の群を。」とある。これが、「おなじく」の発想源の一つであろう。

瞰下景《かんかけい》

北川冬彦

ビルディングのてつぺんから見下《みおろ》すと
電車・自動車・人間がうごめいてゐる
眼玉が地べたにひつつきさうだ

〔出典〕『三半規管喪失』至上芸術社、一九二五（大正十四）年一月。初出未詳。『朱門』創刊号、一九二五年十月発行、に再録。
＊ビルディング――石造や煉瓦造の装飾的な建物ではなく、鉄とコンクリートで作られた機能主義的近代建築を指す。大正期頃から盛んに使われるようになった新しい日本語。
＊てつぺん――ビルの屋上。
＊うごめいてゐる――視覚を重視するモダニズム詩は、「た」「ていた」「てゐる」を多用する傾向がある。名詞と動詞が盛んに使われ、形容詞や副詞は排除される。「うごめいてゐる」までの第一連が実景描写。第二連は比喩。
＊眼玉――眼球。即物的な表現であることに注意したい。人間の体を解剖し、機能別に分けるような非感情的記述意識がみられる。
＊ひつつきさうだ――モダニズムの作品には、異なるイメージの結合を主眼とするものが多い。そのため、「やうだ」「さうだ」がしばしば活用される。

モダンな都市の新しい景観を、映像的に描いた短詩。高いビルの屋上から繁華な路上を見下ろした時の、眼がくらむような感覚を見事にとらえている。一瞬の視覚の戸惑いを、「眼玉が地べたにひっつきさうだ」という巧みな比喩によって読者に提示した。

詩人によれば、この作品は「関東大震災のショックによって、その直後書いたもの」(『北川冬彦詩集』宝文館「著者の解説」)であるという。北川冬彦《きたがわふゆひこ》は、従来の詩の中核にあった抒情や感動を排除し、構成主義的言語実験や視覚的イメージを作品の中心に据えた。

この詩においても、「人間」は感情の主体ではなく、単なる市街地風景の一部にすぎない。二行目の「人間」は、所詮「電車・自動車」の次に併記される存在であり、詩人は、路上を動く物体を大きなものから順に列挙したのである。なお、ここで言う「電車」は、路面電車を指す。鉄と機械で作られた近代都市の即物的な感性を、「瞰下景《かんかけい》」は的確に表現した。

また、「瞰下景」は極めて映像的な作品でもある。活動写真に強い関心を持ち、映画批評も手がけた北川冬彦は、「新散文詩への道」(『詩と詩論』一九二九年三月)で、今日の詩人は「尖鋭な頭脳によつて、散在せる無数の言葉を周密に、撰択し、整理して一個の優れた構成物を築くところの技師である」と述べている。堀口大学《ほりぐちだいがく》によって紹介されつつあった、マックス・ジャコブやジャン・コクトーらのフランス短詩運動からの影響も推測される。

草に　すわる

八木重吉

わたしの　まちがひだつた
わたしのまちがいだつた
こうして　草にすわれば　それがわかる

〔出典〕『秋の瞳』新潮社、一九二五（大正十四）年八月。初出未詳。

＊草――八木重吉作品には「草」の用例が多い。詩「草をむしる」「水や草は いい方である」のほか、詩稿「詩集 草は静けさ」（一九二三年）の冒頭作品に、「草は／わたしの／静けさ」とある。散文遺稿「ジョン・キーツ覚書其の他」に、「キーツと一脈相通ずるあるものを有するは何ぞ?」「曰く、静かなる草」とあり、キーツの影響が推定される。例えばキーツの「ハイピリオン（Hyperion）」には、「そして私は草に坐り、嘆いている（And then upon the grass I sit, and moan,）」とある。なお、『秋の瞳』刊行直後、佐藤春夫は「草にすわる」を「大変褒めてくださ」ったという（『琴はしずかに』）。この詩は、御影時代（一九二一～一九二五年）の作品。

＊まちがひ――一行目は「まちがひ」、二行目は「まちがい」。詩稿では両方とも「まちがひ」となっており、「まちがい」は間違い。

＊こうして――「かうして」の誤植か。

痛切な後悔と深い反省の気持ちを述べた短詩。一行目「わたしの」及び三行目「こうして」「すわれば」の後の一文字分の空白が、大きな効果を生んでいる。休符が音のない音楽であるように、計三か所のスペースが、言葉のない言語として大切な機能を果たしている。語り手は、いったいどのような過ちを、「まちがひ」として悔いているのだろうか。その原因を実証的に明らかにすることは、ほとんど不可能である。しかし妻によれば、八木《やぎ》重吉《じゅうきち》は死の直前、富永徳磨牧師を病床に招き、「籐椅子に寝たまま一心にお詫び申し上げていた」という（吉野登美子《よしのとみこ》『琴はしずかに』彌生書房、一九七六年）。

詩人は、一九一九年に富永師から洗礼を受けたものの、教会活動には積極的になれなかった。その後まもなく内村鑑三《うちむらかんぞう》の無教会主義の活動にひかれ、牧師との連絡も途絶えてしまう。語り手が悔いている「まちがひ」の背景に、この問題がある可能性も考えられる。あるいは、生徒や同僚教師との間に軋轢《あつれき》があったのかも知れない。教職への使命感や、職業を通じた神の国の実現に、詩人は全く興味を持っていなかった。詩稿「詩集 草は静けさ」の無題の詩に、「生徒を怒り／同僚を怒り／ありとあらゆる人間を怒る、」とある。

なお、八木重吉の素朴な詩風には、山村暮鳥《やまむらぼちょう》の影響がある。一九二五年には、暮鳥の詩集『雲』を購入している。二人は、聖なるものになりきれない人間的な苦しみをうたった。

こころ

萩原朔太郎

こころをばなににたとへん
こころはあぢさゐの花
ももいろに咲く日はあれど
うすむらさきの思ひ出ばかりはせんなくて。

こころはまた夕闇の園生《そのふ》のふきあげ
音なき音のあゆむひびきに
こころはひとつによりて悲しめども
かなしめどもあるかひなしや
ああこのこころをばなににたとへん。

〔出典〕『純情小曲集』新潮社、一九二五（大正十四）年八月。初出は『朱欒（ザンボア）』第三巻第五号、一九一三（大正二）年五月発行。初出題名「こゝろ」。

＊こころは――永井荷風訳のボードレール「秋の歌」（『珊瑚集』一九一三年）に、「わが心は凍りて赤き鉄の破片（かけら）よ」「わが心は重くして疲れざる／戦士の槌の一撃に崩れ倒るる観楼（ものみ）かな」とある。

＊ももいろ――「うすむらさき」と共に、紫陽花の色を言ったもの。甘美な思い出への連想から、敢えて平仮名で表記されている。

＊園生――庭。優雅な古語を用いることで、繊細かつ甘美な情感を表現した。

＊ふきあげ――噴水。大和言葉の柔らかで女性的な響きが生かされている。噴水の水は、「ふきあげ」ても「ふきあげ」ても、必ず落下して来る。その堂々巡りの運動が、「ああ」という嘆きのイメージにつながっている。

＊音なき音のあゆむひびき――「習作集第八巻」では、この前に「砂時計の漏刻」とある。「あゆむ」は、時間の経過するイメージ。永

こころは二人の旅びと
されど道づれのたえて物言ふことなければ
わがこころはいつもかくさびしきなり。

井荷風訳のボードレール「秋の歌」に、「木片（きぎれ）の落つる響は、／断頭（くびきり）台を人築く音なき音にも増りたり。」とある。
＊ひとつによりて——一心に。第三連「二人の旅びと」との対照がある。
＊悲しめども——「悲しめども」「かなしめども」の反復が、噴水の水の上下の往復運動を連想させる。同じ地点を堂々巡りする語り手の心理の反映でもある。
＊あるかひなし——自分には存在価値がないこと。詩「利根川のほとり」に、「ある甲斐もなきわが身」とある。
＊二人の旅びと——初出と同時発表の詩「みちゆき」には、人妻との夜行列車の旅が描かれており、「まだ旅人のねむりさめやらねば」「ふと二人悲しさに身をすりよせ」とある。朔太郎がエレナと呼んだ、妹の同級生馬場ナカへの、道ならぬ思いが秘められている。

「こころ」という不可視なものを、「あぢさゐの花」「園生《そのふ》のふきあげ」「二人の旅びと」という、目に見えるものに譬《たと》えた暗喩の詩。切なく悲しく淋しい感情が基調になっている。第一連の「あぢさゐの花」は、甘美《かんび》な「思ひ出」の比喩である。楽しく快活に「ももいろに咲く日」はあるが、語り手は「せんな」い「うすむらさき」の追憶に浸っている。続く第二連では視覚から聴覚に転じ、心を夕闇の庭園の噴水になぞらえる。微《かす》かな光の中から聞こえてくるか細い水の音は、詩人の「ああ」という詠嘆を喚起する。最終連の「二人の旅びと」とは、悲しい巡礼を続ける男女の姿でもあろうか。あるいは、憂《うれ》いを抱えつつあてのない漂泊の旅を続けているかのような、語り手自身の心を言ったものであろう。

次々と比喩を言い換えてゆく技法を、朔太郎《さくたろう》は永井荷風《ながいかふう》訳のボードレール「秋の歌」や、北原白秋《きたはらはくしゅう》の『思ひ出』「序詩」から学んだと思われる。「こころ」第一連には、「思ひ出」という言葉自体が使われており、「音なき音」も、「序詩」の「光るとも見えぬ光」に通じる。萩原朔太郎《はぎわらさくたろう》は平仮名と漢字の書き分けに意識的だった。「こころ」においても、敢《あ》えて平仮名を多用し、第二連においては「悲しめども」「かなしめども」と意図的に表記を使い分けつつ、同じ言葉を効果的に反復している。なお、初出と同時に発表された短歌に、「きのふけふ心ひとつに咲くばかりろべりやばかりかなしきはなし」とある。

旅上

萩原朔太郎

ふらんすへ行きたしと思へども
ふらんすはあまりに遠し
せめては新しき背広《せびろ》をきて
きままなる旅にいでてみん。
汽車が山道をゆくとき
みづいろの窓によりかかりて
われひとりうれしきことをおもはむ
五月の朝のしののめ
うら若草のもえいづる心まかせに。

［出典］『純情小曲集』新潮社、一九二五（大正十四）年八月。初出は『朱欒（ザンボア）』第三巻第五号、一九一三（大正二）年五月発行。初出は無題。創作ノート「習作集第八巻」では題「五月」、「（一九一三、四、）」とある。

＊旅上――旅立ち、旅の途上。音が旅情に通じる。室生犀星『抒情小曲集』（一九一八年）の詩「旅上」より題名を借用したもの。

＊新しき背広――石川啄木の短歌に、「あたらしき背広など着て／旅をせむ／しかく今年も思ひ過ぎたる」（『一握の砂』一九一〇年）とある。背広は、高価でハイカラな服装だった。

＊山道――詩「みちゆき」は、車窓から見た払暁の京都山科の「山の端」「山里」を描く。

＊しののめ――東雲。朝焼けの雲。明け方。

＊うら若草――萌え出たばかりの草。北原白秋の歌集『桐の花』（一九一三年一月）に、「はるすぎてうらわかぐさのなやみよりもえいづるはなのあかきときめき」とある。

＊心まかせに――「おもはむ」にかかる倒置。

気ままな旅への憧れを語った作品。平仮名表記の「ふらんす」は、永井荷風《ながいかふう》『ふらんす物語』を意識しつつ、語り手の心の中にある遥《はる》かな美しい異国を仮託した表現である。

萩原朔太郎《はぎわらさくたろう》は一九一一年、海外渡航の希望を父に相談したが、実現しなかった。「せめては」の一語が、息苦しい日常から脱出したいという詩人の願望と挫折を表している。「みづいろの窓」とは、窓から空が見えることを指す。しかしこのライトブルーは、旅を思う語り手の心の中にある、甘美《かんび》なセンチメンタリズムの色彩化である。この「みづいろ」をはじめ、「われひとり」「しののめ」などを平仮名表記にすることで、ロマンティシズムを強める効果が生まれている。一行目「思へども」の漢字表記に対し、七行目「おもはむ」は平仮名になっている。現実の「思」いと、空想の「おもはむ」の対比である。「旅上」は、音韻面《おんいんめん》でも工夫を凝《こ》らしている。「ふらんす」のリフレイン、「せめて」「背広《せびろ》」のセ音の反復、「あまりに」「新しき」のア音、「きて」「きまま」「汽車」のキ音の響き、「五月の朝のしののめ」のノ音の連続が、鉄道の旅の軽快なリズムを奏《かな》でている。「うれしきこと」とは、馬場ナカ（エレナ）への秘《ひそ》かな恋心であろう。「旅上」と同時発表の詩「みちゆき（夜汽車）」には、「人妻」との虚構の夜行列車の旅が描かれており、同号掲載の短歌に、「しの、めのまだきに起きて人妻と汽車の窓よりみたるひるがほ」とある。

利根川のほとり

萩原朔太郎

きのふまた身を投げんと思ひて
利根川のほとりをさまよひしが
水の流れはやくして
わがなげきせきとむるすべもなければ
おめおめと生きながらへて
今日もまた河原に来《きた》り石投げてあそびくらしつ。
きのふけふ
ある甲斐《かひ》もなきわが身をばかくばかりいとしと思ふうれしさ
たれかは殺すとするものぞ
抱きしめて抱きしめてこそ泣くべかりけれ。

［出典］『純情小曲集』新潮社、一九二五（大正十四）年八月。初出は『創作』第三巻第一号、復活号、一九一三（大正二）年八月発行。初出題名「きのふけふ」。創作ノート「習作集第八巻」に「（一九一三、四、十二）」とある。

＊身を投げん――入水自殺の願望。

＊思ひて――詩の前半の行末では、「さまよひしが」「はやくして」「なければ」「ながらへて」など、言い切らない形が使われており、躊躇逡巡する語り手の心理が投影されている。

＊水の流れはやくして――前橋付近の利根川の水流の速さを言ったもの。

＊わがなげきせきとむる――入水自殺を決行し、人生の嘆きに終止符を打つこと。

＊あそびくらしつ――『新古今和歌集』巻第二に、山部赤人「ももしきの大宮人はいとまあれや桜かざして今日もくらしつ」とある。平安貴族社会では肯定的な意味をもっていた有閑性が、実利を重視する近代的価値観の中では、否定的な語感を帯びている。

利根《とね》川《がわ》の流れに託して、自己憐憫《れんびん》と自己愛の情を述べた詩。生涯定職につかなかった萩《はぎ》原朔《わらさく》太郎《たろう》は、実用性の乏しい文学に従事する自分の存在意義について、深く悩み続けた。作品には「おめおめと生きながらへて」「ある甲斐《かひ》もなきわが身」など、否定的な自己認識が反復されている。有能な医師であった父萩原密蔵は、その実利主義的価値観から、無職の詩人というものを嫌い続けたため、朔太郎は肯定的な自己イメージを持つことができなかった。「あそびくらしつ」には、無用の芸術に熱中する罪悪感を読み取ることができる。

有用者となれない「わがなげき」を抱えながら、詩人は川岸を「さまよ」った。一行目「きのふまた」、及び六行目「今日もまた」は、語り手の心理が堂々巡りの状態にあることを示している。これを受けて、平仮名表記の「きのふけふ」が導かれ、どうしようもない自分をいとしいと思う自己愛が再確認されるのであった。「抱きしめてこそ泣くべかりけれ」には、この詩人のナルシシズムが表れている。「利根川のほとり」を始めとする初期詩篇に、詩人は「愛憐《あいれん》詩篇《しへん》」の総題を冠し、自己を愛し憐れむ情を主題とした。

なお、『純情小曲集』「自序」で朔太郎は、「この詩風に文語体を試みたのは（中略）一にはそれが、詠嘆的の純情詩であつたからである」と述べている。この詩においても、「あそびくらしつ」「かくばかり」「泣くべかりけれ」など、纏綿《てんめん》たる和歌的語調が採用された。

小出新道《こいでしんだう》

萩原朔太郎

ここに道路の新開せるは
直《ちよく》として市街に通ずるならん。
われこの新道の交路に立てど
さびしき四方《よも》の地平をきはめず
暗鬱なる日かな
天日《てんじつ》家並《やなみ》の軒に低くして
林の雑木まばらに伐《き》られたり。
いかんぞ　いかんぞ思惟《しゐ》をかへさん
われの叛《そむ》きて行かざる道に
新しき樹木みな伐られたり。

［出典］『純情小曲集』新潮社、一九二五（大正十四）年八月。初出は『日本詩人』第五巻第六号、一九二五年六月発行。初出総題「郷土望景詩」。

＊小出――草稿詩篇「小出の林」に、「小出の林を／昔よく歩きたりき／いともいともセンチメンタルの詩集を／ふところに／故もなく涙ながしてさまよひぬ」とある。

＊直として――まっすぐに。力強い漢語表現。

＊通ずるならん――推量表現によって、親しみのない小出新道に対する違和感を示す。

＊天日――太陽。ここでは夕日。

＊家並の軒に低くして――「低く」には、語り手の「暗鬱なる」感情が反映している。

＊まばらに伐られたり――最終行の「みな伐られたり」と一見矛盾する。「まばらに」は実景の客観的な描写であり、一方「みな」は、語り手の感情に重点を置いた主観的表現。

＊新しき樹木――流行思潮が次々廃れたことを寓したという自解がある（『詩人の使命』）。

思春期の思い出の場所が無残に破壊されてゆく様をうたった、慷慨《こうがい》調の作品。その背後には、詩人を迫害した郷土の人々に対する、激しい憎悪と反逆の思いがあった。憤りと悲哀のまざった感情が、力強い漢文調の文語で表現されている。

前橋北部の小出《こいで》の雑木林は、萩原朔太郎《はぎわらさくたろう》が「常に一人行きて冥想に耽《ふけ》りたる所」（初出）だった。ところが、慕わしい追憶の森は、一九二三年頃に切り倒されてしまった。詩人にとって、「新開せる」直線道路は、文学や芸術に理解のない世俗的価値観の象徴である。

自分の考えを翻さない覚悟を述べた、「いかんぞいかんぞ思惟《しゐ》をかへさん」には、語り手の激情が込められている。創作活動に耽る朔太郎を嘲笑した、故郷のあまりにも功利的な考え方は、木を伐採し「市街に通ずる」便利な道を建設する行為と重なる。悲憤を抱えた語り手は、実利本位の「小出新道」などには、「叛《そむ》きて行かざる」決意を固めるのだった。

「さびしき四方《よも》の地平をきはめず」とは、敢《あ》えて周囲を散策しない意思を述べたもので、開通した道に対する違和感の表明である。麗《うるわ》しい記憶の地を奪われた詩人の、徹底した反抗と悲しみがそこにある。「天日家並《てんじつやなみ》の軒に低くして」の「低くして」や、「暗鬱なる日かな」には、深い悲哀が表れている。なお、石川啄木《いしかわたくぼく》の短歌「ふるさとに入りて先《ま》づ心傷《いた》むかな／道広くなり／橋もあたらし」（『一握《いちあく》の砂』一九一〇年）の影響が指摘されている。

ミラボオ橋

ギヨーム・アポリネール作
堀口大学訳

ミラボオ橋の下をセエヌ河が流れ
われ等の恋が流れる
わたしは思ひ出す
悩みのあとには楽《たのし》みが来ると

日が暮れて鐘が鳴る
月日は流れわたしは残る

手と手をつなぎ顔と顔を向け合《あは》う

［出典］『月下の一群』第一書房、一九二五（大正十四）年九月。初出未詳。
＊ミラボオ橋――十九世紀末に完成した鋼鉄製の橋。セーヌ川にかかる。エッフェル塔より南西に約二キロ。原詩は、詩集『アルコール（Alcools）』（一九一三年）所収。原詩は各行冒頭の活字の位置が異なっている。堀口大学は一九五二年の白水社版『月下の一群』において、この特徴を生かす形で訳詩を改訂した。「ミラボー橋」は、レオ・フェレ作曲のシャンソン（一九五二年）としても有名。
＊われ等――ローランサンの家も詩人のアパルトマンも、ミラボー橋の近くにあった。
＊流れる――詩のキーワード。「セエヌ河」「われ等の恋」「月日」が流れ、「わたしは残る」。
＊思ひ出す――句読点のない原詩では、「思ひ出す」が「われ等の恋」にもかかり、二重の意味を生む。堀口大学の詩「橋の上」（『新しき小径』一九二二年）に、「私は思ひ出す／雪の消え残つた夕暮の大川の橋の上を」とある。

かうしてゐると
われ等の腕の橋の下を
疲れた無窮の時が流れる

日が暮れて鐘が鳴る
月日は流れわたしは残る

流れる水のやうに恋もまた死んで逝く
恋もまた死んで逝く
生命《いのち》ばかりが長く
希望ばかりが大きい

日が暮れて鐘が鳴る
月日は流れわたしは残る

＊悩みのあとには楽みが来る——失恋の苦悶が甘美な記憶となり、過去が美化されること。原詩は、「思い出さなければいけないのだろうか／喜びはいつも悲しみの後に来たことを」。「喜び」が具体的に何を指すのかは、原詩でも曖昧。「楽み」を新しい恋とする解釈はやや無理がある。愛は不死鳥のように蘇るという信念を、アポリネールは持っていた。
＊日が暮れて——原詩は「夜よ来い（Vienne la nuit）」。日本的抒情を生かした翻訳。
＊わたしは残る——死なずに生きていること。または、恋人との追憶に耽ったままであること。あるいは、ミラボー橋の上に長く留まっていること。流動と固定の対比が見られる。
＊手と手をつなぎ——恋人との甘い時間を回想した表現。「顔と顔を向け合」い、両手をそれぞれつなぐと、ちょうど橋の形になる。これが、「われ等の腕の橋の下を」という表現に結び付く。「ミラボオ橋」は、詩人とローランサンをつなぐ思い出の場所だった。
＊恋もまた死んで逝く——アポリネールは一九〇七年五月、ピカソの紹介でローランサン

日が去り月が行き
過ぎた時も
昔の恋も、ふたたびは帰らない
ミラボオ橋の下をセエヌ河が流れる

日が暮れて鐘が鳴る
月日は流れわたしは残る

と出会い恋に落ちる。約四年後の一九一一年九月、アポリネールはルーブル美術館モナリザ盗難事件の嫌疑をかけられて留置されるが、この頃よりローランサンの態度が冷たくなった。詩が発表された一九一二年二月、二人の関係は既に悪化していた。堀口大学は、原詩「過ぎ去る」を「死んで逝く」と訳すことで、次行「生命」と生死の対照を作り出した。
＊生命ばかりが長く――原詩は「人生はなんと遅く／希望はなんと激しいのか」。詩人は追憶の中に生きているため、人生が遅く感じられた。流れの速い川との対比がある。
＊希望――ローランサンと縒を戻すこと。新しい恋を得る希望、という解釈はやや苦しい。
＊日が去り月が行き――原詩は「日が過ぎ週が過ぎ」。月日という日本語を生かした意訳。
＊昔の恋――原詩には「昔の」に相当する言葉はない。文意を明確にするための工夫。

フランスの詩人ギヨーム・アポリネール（Guillaume Apollinaire、一八八〇～一九一八）の詩「ミラボー橋（Le Pont Mirabeau）」の訳。作品の主題は失恋である。

一九一一年から翌年にかけての冬、アポリネールと画家マリー・ローランサン（Marie Laurencin、一八八五～一九五六）の恋は破局へと向かっていた。ある日詩人は、一人でミラボー橋の下を行く川の流れを見つめる。第一連で恋の回想に耽《ふけ》った語り手は、第三連で幸福だった時の様子を再現させる。しかし第五連に入ると現実に回帰し、第七連では悲恋を嘆く。四度ものリフレインは、語り手の心が未練に満ちていたことを示している。

アポリネールは、詩を意識の流れに近づけるため、句読点を一切使わなかった。堀口大《ほりぐちだい》学《がく》も、原詩の流麗な音楽性を生かし、読点を必要最小限に抑えている。セーヌ河の流れは月日の流れに重なり、夕暮の哀感が失恋の喪失感と響きあっている。なお、堀口大学は「ミラボオ橋」の訳詩を推敲《すいこう》し続けたため、複数の異なった形が存在する。

堀口大学は第一次世界大戦下の一九一五年、マドリードのアトリエで亡命中のローランサンに会い、その優美な女性的作風に、自らの美意識と共通するものを見出した。一九二四年のパリでの再会に際し、彼女は「日本の鶯」という詩を大学に贈っている。「キュビズムの女神」「マリーとの散歩」といった随筆では、ローランサンとの思い出が語られている。

地平線

マックス・ジャコブ作
堀口大学訳

かの女《ぢよ》の白い腕が
私の地平線のすべてでした。

〔出典〕『月下の一群』第一書房、一九二五（大正十四）年九月。初出は『明星』第三巻第一号、一九二三（大正十二）年一月発行。初出総題「仏蘭西現代詩抄」。
＊地平線――訳者が独自に付けた題名。原詩は「鶏と真珠（Le Coq et la perle）」という題のもと、数多くの断章を連ねた作品の一部。堀口大学『月下の一群』所収の「火事」も、同じく「鶏と真珠」から訳出された。
＊かの女の白い腕――原文「Ses bras blancs」は複数形。堀口大学が「両腕」と訳さなかったのは、抱擁の生々しさを避け、甘美な追憶の詩とする意図があったためと考えられる。
＊でした――原文は「私の地平線のすべて」に「なった（devinrent）」。訳詩はこれを「でした」とすることによって、原詩には乏しい過去を回想するニュアンスを生み出している。訳者の意図的な書き換えの可能性も否定できないが、堀口大学自身の個人的な感慨が、翻訳に干渉したものであろう。

自分の心が「かの女《じょ》」のことでいっぱいになり、他に何も眼に入らなくなったという趣旨の内容を、「地平線」という巧みな暗喩によって表現した一行の短詩。

「白い腕」は、女性の性的魅力の象徴である。語り手は、彼女の官能の魔力や包容力の虜《とりこ》になっていたと考えられる。男は、女の腕に絡《から》めとられたのだ。一方、訳詩では過去形「でした」が使われており、現在その恋人との関係は途絶えているという推測が成立する。「私」は半ば後悔しつつ、半ば甘美《かんび》な回想に耽《ふけ》っている。

遥《はる》か遠方に見える「地平線」は、「かの女」の無限の誘引力を表すと同時に、「私の」世界の「すべて」を「かの女」が占めていたことを示す。さらには、幸福な時期が遠い時間の彼方《かなた》に去ってしまったこと、及び二人の関係が破綻《はたん》した後の空漠感をも表現している。

原文は「Ses bras blancs devinrent tout mon horizon.」の一行で、題名はない。散文詩集『骰子筒《さいづつ》(Le Cornet à dés)』(一九一七年)所収。マックス・ジャコブ(Max Jacob、一八七六～一九四四)は、フランス「新精神」の詩人で、ピカソやアポリネールとも交友した。ユダヤ人迫害に遭遇、第二次世界大戦中ドイツ軍に逮捕され、収容所で病死した。

二十世紀初頭のフランス短詩運動は、俳句の刺激を受けている。堀口大学《ほりぐちだいがく》訳「地平線」は、日本の俳諧の伝統が、フランス風のエスプリを纏《まと》って里帰りした作品と言えよう。

シヤボン玉

ジャン・コクトー作
堀口大学訳

シャボン玉の中へは
庭は這《は》入《いれ》ません
まはりをくるくる廻《まは》つてゐます

［出典］『月下の一群』第一書房、一九二五（大正十四）年九月。初出未詳。

＊シャボン玉――野口雨情の童謡「シャボン玉」は、『金の塔』一九二二（大正十一）年十一月号に掲載された。堀口大学訳「シヤボン玉」との関係は不明。訳詩の選択にあたり、影響を与えた可能性も考えられる。原文は「Dans la bulle de savon / le jardin n'entre pas. / Il glisse / autour.」。直訳すると「シャボン玉の中に／庭は入れない／滑っている／周囲を」となる。原詩は活字の配置に工夫が見られ、三・四行目の左端が下げられている。

＊庭――シャボン玉の回転を、庭が「廻つてゐます」と表現した所に機知がある。

＊這入ません――「廻つてゐます」と同様、丁寧体を使うことによって、シャボン玉のような軽やかな雰囲気を生み出している。

＊まはり――「廻つてゐます」と韻を踏む。

＊くるくる――シャボン玉に心を躍らせる、語り手の軽快な心理をも表現した意訳。

シャボン玉の透明な膜に、庭の景色が映るあり様を述べた短詩。フランスの詩人ジャン・コクトー（Jean Cocteau、一八八九〜一九六三）の「備忘録（Aide-mémoire）」第二連。

一度作られたシャボン玉は、球体を維持しようとする力と、潰《つぶ》れようとする力との危うい均衡によって空中を舞ってゆく。「庭」が「シャボン玉の中へ」「這入《は》」るとは、球が押し潰されることを意味する。これを「這入《はい》れません」と否定することで、シャボン玉がまだ無事に飛んでいることを巧みに示している。

ところが次行には、「まはりをくるくる廻《まは》つてゐます」とあり、「庭」が今にもシャボン玉を壊そうと待ち構えている様が描かれる。異なる力がせめぎ合う力学バランス、頻《しき》りに回転する玉の姿、透き通った膜に周囲の風景が反射する様子。三行詩「シヤボン玉」は、極めて限られた言葉を駆使して、シャボン玉の物性とその魅力を余すところなく表現した。なお、訳詩の三行目は、二行に分けられていた原文を敢《あ》えて一行に訳出したものである。

コクトーの「備忘録」は、『詩集一九一七―一九二〇』（一九二〇年）に収録された作品。堀口大学《ほりぐちだいがく》の翻訳はその五年後に行われており、ほぼ同時代の訳業と言えよう。一九三六（昭和十一）年にコクトーが来日した際、堀口大学は案内役を務めた。五月十八日に横浜駅で対面し、歌舞伎・相撲などに案内した（西川正也《にしかわまさや》『コクトー、一九三六年の日本を歩く』）。

耳

ジャン・コクトー作
堀口大学訳

私の耳は貝のから
海の響《ひびき》をなつかしむ

〔出典〕『月下の一群』第一書房、一九二五（大正十四）年九月。初出は『明星』第二巻第二号、一九二二（大正十一）年七月発行。初出総題「サロメ外五章」。

＊貝のから――堀口大学『詩と詩人』（一九四八年）に、「貝がらの中には常に音がひそんでゐる」「僕等は幾度してきたことか、海辺で拾つた巻貝の殻を、極めて自然な身振で、自分の耳元へ持つてゆくあの動作を」とある。

＊海――堀口大学『仏蘭西現代詩の読み方』（一九三二年）に、「コクトオは恐らく五歳の幼年時代をこの地で過したのであらう。年へて再びこの地を訪れ、変り果てたカンヌの町と己れの心境の風景を眺めながら、当時の様をしのんで、哀感の情を歌つたもの」とある。

＊なつかしむ――『仏蘭西現代詩の読み方』に、「aimer はここでは《愛する》と云ふよりは、むしろ《なつかしむ》方の意味を多分に含んでゐる。さう解する時、この詩の持つ微妙な意味がはつきり浮き上つて来る」とある。

原詩はジャン・コクトーの組詩「カンヌ（Cannes）」の一部分で、「耳」という題名は堀《ほり》口大学《ぐちだいがく》が独自に加えたものである。原文を直訳すると、「私の耳は海の音を愛する貝殻である」（Mon oreille est un coquillage / Qui aime le bruit de la mer.）となる。

この詩には、連想の輪がみられる。「耳」の形態的類似から「貝」が、「貝」の縁語で「海」が、「海」から「響《ひびき》」が、「響」から聴覚を司《つかさど》る「耳」へとつながり、再び出発点に戻ってくる。コクトーならではの理知的かつ叙情的な作風である。訳題が「海」や「貝」ではないのは、「耳」が連環の起点かつ終点であること訳者が強く意識していたからだろう。

堀口大学はこの詩の構成法を、「拱持式《せりもち》」と呼んだ。「素材が各〻お互に拱持式に、支へ合つて、柱も垂木《たるき》もまるで用ひない方法だ。言はば技巧の極致である」と、『詩と詩人』で評している。また、コクトーの「詩の表現は数字のように正確で、しかもばらの花のように美しい」（『世界名詩集大成』「解説」一九五九年）とも述べている。

翻訳には、音韻《おんいん》的な工夫もみられる。七五調二行という簡素で整った形式を持ち、「か」「の」「み」の三音がそれぞれ三回反復され、なぜかエ段の音が一つも使われていない。

堀口大学は「耳」の翻訳を通じて刺激を受け、「母の声」（『人間の歌』一九四七年）を書いた。「三半器官よ、／耳の奥に住む巻貝よ、／母のいまはの、その声を返へせ。」とある。

海の若者

佐藤春夫

若者は海で生れた。
風を孕《はら》んだ帆の乳房で育つた。
すばらしく巨《おほき》くなつた。
或る日　海へ出て
彼は　もう　帰らない。
もしかするとあのどつしりした足どりで
海へ大股に歩み込んだのだ。
とり残された者どもは
泣いて小さな墓をたてた。

［出典］『佐藤春夫詩集』第一書房、一九二六（大正十五）年三月。初出は『随筆』創刊号、一九二三（大正十二）年十一月発行。初出総題「消閑録」。

＊乳房――母なる海という発想。佐藤春夫に詩「乳房をうたひて」（『車塵集』）がある。

＊巨くなつた――「巨」の字によって、精神的な大きさをも暗示している。「どつしりした」「大股に」も、存在の大きさを強調する。

＊海へ出て――外国生活の長かった堀口大学は、「二百日以上を、遠洋航路の客船の中で、暮した」（「海と僕」）。一語一語を嚙みしめるように読ませる四・五行目の三か所の空白が、重大な遭難事故を暗示している。

＊もしかすると――推定表現だが、次の行では「歩み込んだのだ」と断定されている。

＊大股――「小さな墓」との対比がある。

＊歩み込んだのだ――自らの意思で海に出た。海に向かうことが肯定的に描かれているのは、堀口大学を意識しつつ創作されたため。

海難事故を想像させる口語自由律詩。たくましい若者が海で亡くなる小さな物語詩である。しかし、作品の背後には、海外生活が長かった親友堀口大学《ほりぐちだいがく》への思いが隠されている。一九一一年七月、慶応義塾の学生だった堀口大学は、外交官の父九萬一《くまいち》に呼び寄せられ、メキシコへ出発した。佐藤春夫《さとうはるお》は別れを悲しみ、詩「友の海外にゆくを送りて」を作っている。「海の若者」の四・五行目「或る日 海へ出て／彼は もう 帰らない。」には、日本に残留する側の思いが託されている。「とり残された者どもは／泣いて小さな墓をたてた。」は、華やかな海外生活へと赴《おもむ》く友人を淋しく見送った、佐藤春夫の心理の表現でもある。

一九二三年七月、堀口大学は五年間に及ぶブラジル滞在から帰国した。大森望翠楼《ぼうすいろう》ホテルに同宿した二人は、八月末のある日、詩について語り合うが、現代語を愛するという堀口大学に対し、佐藤春夫は古典日本語を主張し、互いに譲らなかった。翌朝佐藤春夫は、「現代語を用ゐて詩を書かうと思へば、これ位のものは僕にも書ける」と言わんばかりに、「海の若者」を堀口に示したのであった（『自選佐藤春夫全集』第一巻、堀口大学「解説」）。

なお、この詩からは菊池寛《きくちかん》の戯曲「海の勇者」（一九一六年）も連想される。戯曲の舞台は、「土佐の国佐多《さた》の岬に近き海岸」。沖で遭難した者を誰一人として助けに出ない中、末次郎は、綱を持って荒海に飛び込んだ。結末部では、末次郎の溺死《できし》が暗示されている。

椿

北川冬彦

女子八百米リレー。彼女は第三コーナーでぽとりと倒れた。

落花。

［出典］『検温器と花』ミスマル社、一九二六（大正十五）年十月。初出未詳。『青空』第二巻第十二号、一九二六年十二月発行、に再録。

＊椿——春の季語。モダニズムは伝統との断絶を主張するが、この作品においては、伝統的主題「椿」とモダニズムが融合している。

＊女子——「椿」の花と組み合わせる作品なので、男子よりも「女子」の方がふさわしい。

＊八百米——リレー競技の距離としては短い方である。四人の走者が各二百メートルずつ走る。力を短時間に集中させる必要があり、転倒の意外性を強調する上でふさわしい設定。作品が短詩形であることとも響き合う。

＊リレー——個人競技とは異なり、団体競技では、一人の失敗がただちに仲間に影響を与えてしまう。走者の転倒を目撃した観客の驚きは、リレーであることによって増幅される。

＊第三コーナー——二百メートルトラックの百三十メートル付近。

スポーツの一瞬の動きを捉えた映像的な短詩。椿《つばき》は前触れもなく突然花が落ちる。リレー走者の転倒を、「椿」の「落花」と取り合わせることによって、巧みに表現した。

そもそも椿の落花は、俳諧の常套《じょうとう》的主題である。河東碧梧桐《かわひがしへきごとう》「赤い椿白い椿と落ちにけり」などの作例がある。北川冬彦《きたがわふゆひこ》は、この手垢のついた季語を活用しつつ、「女子八百米リレー」という運動競技と組み合わせることで、伝統的情緒に吸収されることを防いでいる。

椿の花がにわかに散る時の、「あっ落ちた」という驚きは、リレーの途中で選手が倒れるのを眼にした意外性に通じる。その突発性を演出するためにも、走者が転倒するのは、第一第二コーナーを無事通過した後の「第三コーナー」でなければならなかった。

一・二行目の間の三行分のスペースは、「リレー」と「落花」との断絶を示す。この空白からは、停止した時間や観客の驚きをも読み取ることができる。北川冬彦は、「印刷技巧に於て最も効果的なるものはブランク（空間）の利用である」（「詩に於ける印刷技巧に就いて」『面』四号、桜井勝美《さくらいかつみ》『北川冬彦の世界』による）と述べている。三行の空白は、意味上の断絶であると同時に、旧来の抒情的イメージと一線を画するための工夫でもある。

短詩形モダニズムは、自由律俳句との共通点が多い。しかし、題名があること、句読点が利用されること、空白行の活用などが、自由律俳句とは異なっている。

平原

北川冬彦

平原の果てには、軍団が害虫のやうに蝟集《ゐしふ》してゐた。

〔出典〕『検温器と花』ミスマル社、一九二六（大正十五）年十月。初出未詳。
＊平原――広漠として寂しい満洲の野。詩「ラマ廟」に、「壁の崩れたラマ廟。／なんだって、い丶のだ。／曠野に、建物があるというだけで／心は、穏かなのだ。」とある。
＊害虫――北川冬彦の作品には、動物を題材にしたものが多い。芥川龍之介『支那游記』（一九二五年）「雑信一束」に、「二十 南満鉄道／高粱の根を匍ふ一匹の百足」とある。
＊やうに――モダニズムの詩で頻繁に使われる言葉。北川冬彦は「やうに」の詩人である。
＊蝟集――「蝟」はハリネズミの意。ハリネズミの毛のように、一か所に集中的に集まること。「害虫」「蝟集」は生物を連想させる語彙。北川冬彦は、軍国主義に批判的な立場をとり続けた。詩人自身、「平原」には「アンチ・ミリタリズムとヒューマニズムの片鱗が見られていさ丶か慰めである」（『北川冬彦詩集』宝文館「著者の解説」）と回想している。

満洲で育った詩人が、軍隊に対する嫌悪感を表現した短詩。軍と虫とを「やうに」で結びつけた点に工夫がある。「平原」は満洲の広大な土地、「軍団」とは関東軍のことだろう。大平野の遠くの方に軍隊が結集しており、それが有害な虫のように感じられるという、わかりやすい作品である。集団行動が嫌いな北川冬彦《きたがわふゆひこ》は、旅順《りょじゅん》中学時代、二〇三《にひゃくさん》高地での発火演習をサボっている。また詩人は、茫漠《ぼうばく》たる大陸の「平原」を体験的に知っていた。一時居住した得利寺《とくりじ》という小駅は、満鉄関係者の家が四五軒建っているだけの場所だった。

モダニズムの詩の技法に目を転じると、第一に、行末に句点があることに気づく。一行の短詩という詩形は、自由律俳句に極めて近接している。しかし、「平原」という題名があり、文中の「、」や文末の「。」がある点で、俳句とは異なっている。「。」で終了することによって余韻が排除され、モダニズム詩としての独立性が担保されている。

第二に、北川冬彦の短詩形作品には、俳句にはない「題」が必ずつけられている。俳句との差異を示すための、形式上の必然と考えられる。詩人自身、「題は作品構成分子の一つであり、またそれは象徴的効果をも持っている」（『北川冬彦詩集』宝文館「著者の解説」）と述べている。第三に、比喩「やうに」である。抒情を嫌いイメージの構築を重視したモダニズムは、形容詞や副詞を排除した。そのため、比喩の修辞法に依存する結果となった。

ラッシユ・アワア

北川冬彦

改札口で
指が　切符と一緒に切られた

［出典］『検温器と花』ミスマル社、一九二六（大正十五）年十月。初出未詳。
＊ラッシユ・アワア――外来語によって、モダンな都会的感覚を表現した。北川冬彦は一九二二年の東京帝国大学入学以降、東京に住んでいた。
＊改札口――「改札口」とあるところから、当時の都市内交通の主役だった路面電車ではないことがわかる。大正期の郊外開発とともに発展した、私鉄や省線電車の改札風景であろう。通勤通学者が輻輳する改札口の混雑は、新興住宅地の郊外への拡大にともなう新しい現象だった。モダニズムの短詩「ラッシユ・アワア」は、この最先端の都市風景を取り上げたのである。
＊切符――路面電車では、通常車内で切符を発行する。この点からも、詩の舞台が省線や私鉄であることが推測できる。北川冬彦には、鉄道に関する作品がいくつか見られる。詩人の父親は満鉄勤務であった。

慌《あわ》ただしい通勤時間帯の、非人間的な雰囲気を表現した短詩。混雑時、乗客は先を争い、駅員も切符切りの仕事に追われる。その余裕のないイライラ感が巧みに表現されている。

北川冬彦《きたがわふゆひこ》は「ラッシユ・アワア」について、次のように述べている。「ラッシュ・アワアの混雑どき、切符切りもこちらもあわてている。出す切符に鋏《はさみ》を入れられるとき、私の指も一緒に切られそうな思いをした。その感覚を、思いきつて、「指が 切符と一緒に切られた」と表現した。この表現によつて「ラッシュ・アワア」が如実《にょじつ》に実感されることを意図したのである」（『中学生のための現代詩鑑賞』）。また詩人は、「鋭角的感覚による物象断面図とでも云《い》ってよいもの」（『北川冬彦詩集』宝文館「著者の解説」）とも説明している。

モダニズムは、言葉やイメージの断絶を重視する。「ラッシユ・アワア」においては、「切られた」と、文字通り切断という主題が取り上げられている。形式面においても、一行目と二行目に間に空白の一行が置かれ、この二行が意図的に切り離されている。さらに、「指が」と「切符」の間に一文字分のスペースが置かれることで、ここにも切断をイメージさせる空間が出現している。一方で、句読点はなぜか使われていない。

一九九〇年代以降の自動改札機の普及によって、改札口で切符を切るという習慣はほぼ消滅した。今後はこの点についても、特別な注釈が必要になってくることだろう。

母

吉田一穂《いっすい》

あゝ麗はしい距離《デスタンス》
常に遠のいてゆく風景………
悲しみの彼方《かなた》、母への
捜《さぐ》り打つ夜半の最弱音《ピアニシモ》。

〔出典〕『海の聖母』金星堂、一九二六（大正十五）年十一月。初出は『詩と音楽』第二巻第三号、一九二三（大正十二）年三月発行。初出総題「運命」。初出に「(Décembre)」とある。

＊母――一九二二（大正十一）年十二月脱稿。

＊距離――「風景」「最弱音」と、体言止めの多用により過度の抒情性を排除。当時吉田一穂は既に上京しており、母は北海道在住。

＊風景………――黙説法。「常に遠のいてゆく」時間の経過が表現されている。詩「霧」に、「私は母の遠い忘却にかへり」とある。

＊捜り打つ――日本語としてあまり一般的な表現ではない。漁師用語か。吉田一穂の実家は、北海道・木古内の鰊漁の網元だった。

＊夜半――語り手は、静かな夜中に母を思っている。初出によれば季節は冬である。

＊ピアニシモ――pianissimo（イタリア語）。音楽の記号で、できるだけ弱くの意。「捜り打つ」とともに、鍵盤やピアノの連想。

母への思慕《しぼ》をうたったモダニズムの作品。吉田一穂《よしだいっすい》は幾何学《きかがく》的抽象世界を愛し、抒情詩を嫌った。しかし、代表作であるこの四行詩は、母親に対する懐旧《かいきゅう》の「情」を主題としており、北原白秋《きたはらはくしゅう》が激賞《げきしょう》したことで一躍有名になった。初出当時、詩人は満二十四歳だった。

人は成長するにつれ、母親からの「距離《デスタンス》」は「常に遠のいてゆく」。静かな「夜半」に「母への／捜《さぐ》り打つ」、すなわち、小さかった頃を思い起こせば、母の存在は「麗はしい」。しかし、遠い過去という「悲しみの彼方《かなた》」にある記憶は、「最弱音《ピアニシモ》」のように微《かす》かである。

詩人の母フミは、父の反対を押し切って上京し文学に志した吉田一穂を、心から応援してくれたという。フミは「優しくその華奢な身にも似ず、芯の靭《つよ》い貞女《ていじょ》で、苦難の一生を涙で洗ひ浄《きよ》めた人」（「海の思想」一九五三年）だった。詩では「距離」「風景」「最弱音」等、母とは無関係に見える漢語を効果的に使っている点が特徴的である。また、「デスタンス」「ピアニシモ」とルビを振り、作品名とは結びつきにくい外来語の語彙を動員している。

一般に、モダニズム詩は比喩に依存する傾向が強いが、この作品においても、第一連は二行とも母の暗喩である。「距離《デスタンス》」が次行の「遠のいて」を導き、第二連「彼方」へとつながっている。和歌の縁語に似た技法と言えよう。吉田一穂は一九二〇年頃までの約八年間、短歌を作っていた。なお詩には、北原白秋『思ひ出』の詩想の影響が指摘されている。

詩人紹介（あいうえお順）

石川啄木（一八八六～一九一二）いしかわ・たくぼく
岩手県日戸《ひのと》村生まれ。父が宝徳寺住職となり渋民《しぶたみ》村に移る。盛岡中学校を中退し上京。代用教員や新聞記者などの職を転々とし、金田一京助《きんだいちきょうすけ》ら知人から巧みに借金を重ねた。一九〇九年、東京朝日新聞社校正係となる。詩集『あこがれ』、歌集『一握《いちあく》の砂』『悲しき玩具《がんぐ》』。自分を天才だと信じ込む一方、劣等感にもさいなまれた。自分中心の考え方を貫き、家庭を粗末にしたが、ありのままの思いを率直に述べた短歌は、今も愛読者が非常に多い。

上田敏（一八七四～一九一六）うえだ・びん
東京・築地《つきじ》生まれ。東京帝国大学卒。英文学者。父も渡欧経験を持つ洋風の家庭環境で育った。高等師範学校講師を経て、京都帝国大学教授。一九〇七年より一年間、欧米を歴遊。西洋文学を積極的に紹介し、象徴詩の牽引役となった。訳詩集『海潮音《かいちょうおん》』『牧羊神《ぼくようしん》』がある。恩師ラフカディオ・ハーンは、上田敏の英語力を「一万人中唯一人の日本人学生」と称賛。

優れた作品や作家を直観的に見抜く鋭い眼力を持ち、教え子に「天眼通」と呼ばれた。

蒲原有明（一八七五～一九五二）かんばら・ありあけ
東京・麴町《こうじまち》生まれ。父は官吏。国民英学会卒。実母との離別や継母の存在が、孤独な性格を生み出した。一時父の郷里佐賀に住む。象徴詩の完成者で、美術にも造詣が深く、ロセッティの影響が顕著に見られる。詩集に『草わかば』『独絃哀歌《どくげんあいか》』『春鳥集《しゅんちょうしゅう》』『有明集』など。進んで苦行を求める求道精神と、夢想的浪漫趣味の両面を持っていた。理性と性欲、霊肉の相克《そうこく》は、少年時代からの課題だった。『有明集』以降、詩作はしだいに乏しくなった。

北川冬彦（一九〇〇～一九九〇）きたがわ・ふゆひこ
滋賀県大津《おおつ》生まれ。父は鉄道技師。一九〇七年、満洲に渡る。東京帝国大学卒。安西冬衛《あんざいふゆえ》とともに大連《だいれん》で雑誌『亜』を創刊、短詩運動に取り組んだ。キネマ旬報編集部勤務。後に日本プロレタリア作家同盟に参加した。詩集『三半規管喪失』『検温器と花』『戦争』など。芸術至上主義的文学観を排し、作品に軍国主義批判の要素を盛り込んだ。その一方で、文学を革命の手段とする発想はとらず、独自の視覚的即物的なモダニズム表現を追求した。

北原白秋（一八八五〜一九四二）きたはら・はくしゅう
福岡県柳河《やながわ》（川）出身。実家は酒造業を営む旧家。早稲田大学中退。一九〇七年に鉄幹《てっかん》、杢太郎《もくたろう》らと九州を旅行し、南蛮趣味や切支丹《きりしたん》趣味を先導した。『赤い鳥』を中心に数々の童謡を残す。詩集『邪宗門《じゃしゅうもん》』『思ひ出』『東京景物詩及其他』『白金之独楽《こま》』、歌集『桐《きり》の花』等。耽美的作風の詩に始まり、短歌・童謡など活動範囲は多岐にわたる。白秋が関係した著作は約二百冊。幅広い読者を得た国民的詩人だった。一九一二年には姦通《かんつう》事件で拘置された。

国木田独歩（一八七一〜一九〇八）くにきだ・どっぽ
千葉県銚子《ちょうし》生まれ。裁判所官吏の父に従い、広島・岩国・山口で育つ。東京専門学校中退。日清戦争従軍記「愛弟通信《あいていつうしん》」で文名を得、編集者として活躍。佐々城信子《ささきのぶこ》を熱愛し、反対を押し切って結婚したが間もなく破綻《はたん》した。詩集『抒情詩』『青葉集』『山高水長《さんこうすいちょう》』がある。少年時代より野心に満ちた人物だった。社会的成功を求める思いと、自然の中で思索に耽《ふけ》る志向の間で揺れ動いた。ワーズワースの影響を受け、自然主義作家としても評価された。

西條八十（一八九二〜一九七〇）さいじょう・やそ

東京・牛込《うしごめ》生まれ。実家は石鹸《せっけん》製造販売業。早稲田大学卒。「東京音頭」「青い山脈」「王将」など、多くの流行歌・軍歌・民謡・童謡を作詞した。早稲田大学仏文科で教鞭を執る。一九二四年渡仏、一九三六年米欧漫遊。詩集『砂金』『一握《いちあく》の玻璃《はり》』、訳詩集『白孔雀』など。大衆歌謡の作詞で活躍する一方、フランス文学教授という学術的な一面も持つ。インテリ風のモダニズムが席巻し、素朴な抒情を失いつつあった詩壇に対し、違和感を持ち続けた。

佐藤春夫（一八九二〜一九六四）さとう・はるお

和歌山県新宮《しんぐう》生まれ。代々の医家の長男。慶応大学中退。谷崎潤一郎《たにざきじゅんいちろう》夫人千代《ちよ》と不倫をして谷崎と絶交するが（小田原事件）、一九三〇年に和解、千代は佐藤の妻となる（細君譲渡事件）。詩集『殉情《じゅんじょう》詩集』『我が一九二二年』、訳詩集『車塵《しゃじん》集』、小説「田園の憂鬱《ゆううつ》」など。島崎藤村《しまざきとうそん》の影響を受け、抒情詩を書いた。新詩社で堀口大学《ほりぐちだいがく》を知り、生涯の友となる。漢文学に関心を持ち、田漢《でんかん》や郁達夫《いくたっぷ》ら大陸の文学者とも交遊、戦時中は南方に派遣された。

島崎藤村（一八七二〜一九四三）しまざき・とうそん

筑摩《ちくま》県馬籠《まごめ》村生まれ。実家は宿場町の旧家。一八八一年上京、明治学院卒。明治女学校、東北学院、小諸《こもろ》義塾で教鞭を執る。のちに小説家に転じた。一八九三年に雑誌『文学界』を創刊。詩集『若菜《わかな》集』『一葉舟《ひとはぶね》』『夏草』『落梅《らくばい》集』、小説に『破戒《はかい》』『家』『夜明け前』等。
詩作を行ったのは、専ら一八九六年から一九〇一年までの短い期間だった。恋愛、抒情、憂愁、旅情など、主に青春をテーマとした浪漫主義が、多くの読者に鮮烈な印象を与えた。

新声社　しんせいしゃ
森鷗外《もりおうがい》を中心に結成された結社。「S.S.S.」とも。鷗外の妹小金井喜美子《こがねいきみこ》（一八七〇〜一九五六）、国文学者落合直文《おちあいなおぶみ》（一八六一〜一九〇三）、漢学者市村瓚次郎《いちむらさんじろう》（一八六四〜一九四七）、医学生井上《いのうえ》通泰《みちやす》（一八六六〜一九四一）が参加した。一八八九年に「於母影」を発表。
新声社には、分野の異なる多彩な人材が結集した。詩を誰が翻訳したかについて、当事者の証言は食い違うものの、ドイツ語に通じた森鷗外の手が各所に入っていると考えられる。

鈴木信太郎（一八九五〜一九七〇）すずき・しんたろう
東京・神田《かんだ》生まれ。実家は米問屋。東京帝国大学卒。一九二五〜六年に洋行。東大仏文科教授として、フランス文学の翻訳紹介に努め、この分野の中心的存在となった。訳書に『近代仏蘭西象徴詩抄』、著書に『ステファヌ・マラルメ詩集考』『フランス詩法』などがある。特にマラルメ研究で知られ、生涯にわたる著作は『鈴木信太郎全集』（大修館書店、一九七二〜三年）としてまとめられている。同姓同名同年生まれの画家がいるが、別人である。

薄田泣菫（一八七七〜一九四五）すすきだ・きゅうきん
岡山県連島《つらじま》生まれ。父は村役場の助役。岡山中学中退後、上京して和漢洋の文学を独学した。たびたび郷里で療養しつつ、大阪毎日新聞学芸部長などを務め、一九二三年引退。晩年はパーキンソン病に苦しんだ。詩集『暮笛《ぼてき》集』『ゆく春』『二十五絃《げん》』『白羊宮《はくようきゅう》』がある。古語や廃語を駆使した作品が多い。西洋の詩の影響を受け、ソネット形式を日本語に導入した。蒲原有明《かんばらありあけ》と並称されたが、三十歳以降は詩作から遠ざかった。随筆の名手でもある。

千家元麿（一八八八〜一九四八）せんげ・もとまろ
東京・麹町《こうじまち》生まれ。政治家千家尊福《たかとみ》男爵の長男。府立四中に学ぶ。妾《めかけ》の子という家庭環境から父親に反抗する一方、庶民への暖かい眼差しは、楽天的善意に満ちていた。乱脈な生活から精神異常で入院、その後静かな生活を送る。詩集『自分は見た』『虹』『野天《のてん》の光り』。白樺派的理想主義に立脚して、素朴かつ素直な言葉でヒューマニズムに溢《あふ》れる口語詩を書いた。武者小路実篤《むしゃのこうじさねあつ》の小説「馬鹿一」のモデル。質の高い作品は大正期に集中している。

高橋新吉（一九〇一～一九八七）たかはし・しんきち
愛媛県伊方町《いかたちょう》生まれ。父は小学校校長。八幡浜《やわたはま》商業学校中退。家出し上京、放浪生活を送った。一九二〇年に『万朝報《よろずちょうほう》』の記事でダダイズムを知る。翌年、故郷の寺で小僧を経験し、晩年には禅に傾倒した。詩集『ダダイスト新吉の詩』『高橋新吉の詩集』などがある。貧窮生活の中から生み出された作品は、仏教的虚無思想に支えられていた。詩人のダダイズムは禅精神の一変形である。戦後は生活も安定、数々の賞を受賞し、長命を保った。

高村光太郎（一八八三～一九五六）たかむら・こうたろう
東京・下谷《したや》生まれ。父は彫刻家高村光雲《こううん》。東京美術学校卒。ロダンに傾倒し、米国・英国・仏国で彫刻を学ぶ。一九一四年に長沼智恵子《ながぬまちえこ》と結ばれた。戦時中は大東亜戦争を賛美する詩を書き、戦後はこれを反省して岩手県の山小屋で暮らした。詩集『道程《どうてい》』『智恵子抄』等。

ロダン、自然、智恵子、天皇陛下と、跪《ひざまず》く対象を次々と変えつつ、常に何かを崇拝し続けた。芸術家を自任し、父の職人的姿勢を否定したが、彫刻よりむしろ詩の分野で大成した。

知里幸恵（一九〇三〜一九二二）ちり・ゆきえ
北海道幌別《ほろべつ》生まれ。父はアイヌの酋長《しゅうちょう》。旭川《あさひかわ》区立女子職業学校卒。ユーカラ採集に訪れた金《きん》田一京助《だいいちきょうすけ》を知り、『アイヌ神謡《しんよう》集』を執筆した。一九二二年上京、金田一家に寄寓して京助のアイヌ語研究に協力するが、間もなく病没。アイヌ語研究者知里高央《たかお》と真志保《ましほ》は弟。祖母モナシノウク、母ナミ、伯母金成《かんなり》マツからアイヌの伝承を受け継ぐ一方、日本式教育を受けた才媛《さいえん》。民族の未来に思いを致す『アイヌ神謡集』「序」は、大きな影響を与えた。

土井晩翠（一八七一〜一九五二）どい・ばんすい
仙台生まれ。実家は裕福な質屋。東京帝国大学卒。英文学者。第二高等学校教授として故郷に定住した。明治三十年代に島崎藤村《しまざきとうそん》と並称される。その後は学術方面に活動した。一九三四年に「つちい」から「どい」に改音。詩集『天地有情《うじょう》』『暁鐘《ぎょうしょう》』『東海遊子吟』など。漢文調の雄健な詩風で知られる。年少時に『三国志』『十八史略』『元明清史略』等の漢籍を愛読、晩年にはホメロスの翻訳なども行った。詩人として初めて文化勲章を受賞した。

外山正一（一八四八〜一九〇〇）とやま・まさかず
江戸・小石川《こいしかわ》生まれ。号は、山仙士《ちゅざん》。父忠兵衛正義は幕臣。開成所に学び、幕末に留学生としてロンドンに渡るが、幕府瓦解《がかい》で帰国。一八七〇年渡米。帰国後は東京大学文学部教授として、英語やスペンサーの社会進化論を講じる。東京帝国大学総長、文部大臣を歴任。明治初期の選良として、国家を背負う気概《きがい》があった。創作詩に良いものは少ないが、その後盛んに自己宣伝を行うことで、『新体詩抄』を近代日本の最初の詩集として認知させた。

永井荷風（一八七九〜一九五九）ながい・かふう
東京・小石川《こいしかわ》生まれ。父は官僚。外国語学校中退。渡米しカラマズー大学に学ぶが、父の縁故で横浜正金《しょうきん》銀行ニューヨーク支店勤務、のち仏国リヨン支店に転勤。仕事を怠けて欠勤を繰り返した。フランス語に堪能で、訳詩集『珊瑚《さんご》集』がある。小説や随筆の著作多数。帰国後は東京の町を散策し、随筆『日和下駄《ひよりげた》』を残す。ほぼ生涯にわたって気ままな独り暮らしを続けた。『断腸亭日乗《だんちょうていにちじょう》』に描かれたライフスタイル自体が、一つの作品である。

萩原朔太郎（一八八六～一九四二）はぎわら・さくたろう
群馬県前橋生まれ。父は裕福な開業医。五高（熊本）、六高（岡山）、慶応大学を全て中退。一九一六年に室生犀星《むろうさいせい》と『感情』を創刊した。口語自由律詩を完成した詩人と評価されており、詩を論じた理論的著作もある。詩集に『月に吠える』『青猫』『純情小曲集』『氷島《ひょうとう》』等。父の財力を頼って一切働かなかった。故郷では人徳の高い父と比較され、穀潰《ごくつぶ》しの馬鹿息子と冷笑され、郷里に対し複雑な思いを抱く。音楽に興味を持ち、マンドリンを演奏した。

福士幸次郎（一八八九～一九四六）ふくし・こうじろう
青森県弘前《ひろさき》生まれ。父は地方芝居の俳優。国民英学会卒。満十二歳で父が死去。母と共に上京し佐藤紅緑《さとうこうろく》の書生となるが、放浪の旅に出て健康を害した。その後帰郷。一九一九年以降は、ほとんど詩作をしていない。詩集『太陽の子』『展望』、詩論『日本音数律論』等。暗澹《あんたん》たる状況の中で光明を求める、人道主義的な口語自由律詩を書いた。千家元麿《せんげもとまろ》とともに雑誌『テラコッタ』『生活』を発刊。晩年は地方主義の運動を始め、各地の踏査を続けた。

堀口大学（一八九二〜一九八一）ほりぐち・だいがく
東京・本郷《ほんごう》生まれ。慶応大学中退。外交官の父九萬一《くまいち》に従い、欧州や中南米で暮らす。フランス語が堪能。外交官志望を断念して翻訳家となり、三百冊以上の訳著書を出版、また文化学院で教鞭を執った。訳詩集『月下《げっか》の一群』、詩集『月光とピエロ』『砂の枕』など。出生時に帝大前に住んでいたことから、大学と命名された。幼少時に母を亡くしたため、作品に母を恋うメッセージが見られる。マリー・ローランサンやジャン・コクトーと交流。

宮沢賢治（一八九六〜一九三三）みやざわ・けんじ
岩手県花巻《はなまき》生まれ。実家は質屋を営む裕福な商家。盛岡高等農林学校卒。『法華経』を座右の書とし、日蓮宗の国柱会《こくちゅうかい》で布教につとめる。稗貫《ひえぬき》農学校に勤務後、羅須地人《らすちじん》協会を作り、献身的に農業指導を行った。詩集『春と修羅』及び童話集『注文の多い料理店』がある。窮民から利益を得る金持ちの家に生まれたことを苦にし、高貴なる者の責務を全うすべく、無私の精神で農民を助けようとした。生前は無名だったが、死後草野心平《くさのしんぺい》らに評価された。

室生犀星（一八八九〜一九六二）むろう・さいせい

金沢生まれ。旧加賀《かが》藩士の子。出生事情から住職室生真乗《しんじょう》の養嗣子《ようしし》にもらわれ、養母ハツに虐待された。高等小学校を経て裁判所給仕となり、一九一〇年上京、萩原朔太郎《はぎわらさくたろう》と生涯にわたる交友を結ぶ。詩集に『愛の詩集』『抒情小曲集』、小説に『性に眼覚める頃』等。生い立ちに対する劣等感を持ち続けた、孤独と淋しさに満ちた詩人。故郷に対して複雑な感情を抱きつつ、上京と帰郷を繰り返した。生活のために小説や随筆を多数執筆している。

森鷗外（一八六二～一九二二）もり・おうがい
石見国津和野《いわみのくにつわの》生まれ。父は藩の典医。第一大学区医学校卒。一八八四年より約四年間ドイツに留学。新声社を組織し「於母影」を発表した。陸軍軍医として日清日露両戦役に出征。「舞姫」「雁《がん》」「阿部一族」等を執筆する。詩歌集『うた日記』、詩集『沙羅《さら》の木』がある。木下杢太郎《きのしたもくたろう》が「テエベス百門の大都」と評したように、小説・詩歌・演劇・美術・医学・軍事等、幅広い分野の指導者となる。西洋文学の翻訳は、後の文学に大きな影響を与えた。

八木重吉（一八九八～一九二七）やぎ・じゅうきち
東京・堺村《さかい》（現・町田市）生まれ。実家は裕福な農家。神奈川県師範学校、東京高等師範学校卒。内村鑑三《うちむらかんぞう》の影響を受けた敬虔なクリスチャン。英語教師として御影《みかげ》師範や東葛飾《ひがしかつしか》中学で教鞭を執った。結核のため満二十九歳で夭折。詩集『秋の瞳』『貧しき信徒』がある。平明な言葉で短詩を書き、質素な生活を送ったプロテスタント詩人。無教会主義で、ひたすら聖書と向きあった。作風は誠実かつ純朴。僅《わず》かな期間に、夥《おびただ》しい数の詩稿を残した。

矢田部良吉（一八五一～一八九九）やたべ・りょうきち
伊豆国韮山《にらやま》生まれ。号は尚今居士《しょうこんこじ》。父卿雲《けいうん》は蘭学者。一八七〇年に渡米、コーネル大学で進化論に基づくハクスレー派の植物学を学ぶ。東京大学教授、東京高等師範学校長、東京博物館長を歴任。国字・演劇・音楽などの分野で改良論を唱えた。鎌倉で遊泳中に溺死。スペンサーの社会進化論哲学の影響を受けた急進的啓蒙改革論者であった。『新体詩抄』の刊行も、積極的な改革志向の一環として実行された。羅馬字会、演劇改良会を結成した。

山村暮鳥（一八八四～一九二四）やまむら・ぼちょう
群馬県棟高《むなだか》生まれ。農家の長男。薄幸のなかで育つ。聖三一神学校卒業後、伝道師として各地に赴任、一九一八年より病臥する。実験的作風から一転、自然や苦悩を平易な言葉で語る宗教性の深い作品を残した。詩集に『聖三稜玻璃《せいさんりょうはり》』『風は草木にささやいた』『雲』等。複雑な家庭環境と貧困の中で、キリスト教の道に進んだ。しかし、教会組織からはしばしば異端と非難された。詩人の疲れ切った心身を癒《いや》したのは、生命力に満ちた自然だった。

与謝野晶子（一八七八～一九四二）よさの・あきこ
大阪・堺《さかい》生まれ。実家は老舗の菓子商。堺女学校卒。与謝野鉄幹《てっかん》を山川登美子《やまかわとみこ》と争ったが、一九〇一年に家を捨てて上京し結婚。『明星《みょうじょう》』の情熱的歌人として知られ、四百篇以上の詩も残している。また、創設以来文化学院に関わった。『みだれ髪』など歌集二十四冊がある。豪華絢爛《けんらん》たる美意識を持ち、恋愛のロマンティシズムを謳歌した。女子教育や婦人運動に関心を寄せ、評論活動も行っている。五男六女の子だくさんで、出産・養育に苦労した。

与謝野鉄幹（一八七三～一九三五）よさの・てっかん
京都・岡崎《おかざき》生まれ。実家は願成寺。本名は寛《ひろし》。一八九五年、日本語学校乙未《おつみ》義塾の教員として朝鮮に渡るが、閔妃《びんひ》暗殺事件に遭遇して帰国する。一八九九年、東京新詩社を設立、翌年雑誌『明星《みょうじょう》』を創刊した。妻は与謝野晶子《あきこ》。詩集に『東西南北』『天地玄黄《てんちげんこう》』等がある。

日本男児として国士の気概《きがい》を持ち、勇壮な詩歌を残した。恋や友情や憂国を主要なテーマとし、悲憤慷慨《ひふんこうがい》調のものが多い。作風は「虎剣流《こけんりゅう》」といわれ、「虎の鉄幹」の異名がある。

吉田一穂（一八九八～一九七三）よしだ・いっすい

北海道上磯《かみいそ》郡釜谷《かまや》生まれ。父は鰊《にしん》漁の網元。早稲田大学高等予科中退。少年時には船乗りを志したが、実現しなかった。短歌からモダニズムの詩に転じ、抒情詩の伝統を否定した。生活のため、多くの童話を書いている。詩集に『海の聖母』『故園《こえん》の書』『稗子伝《はいしでん》』など。花よりも三角形を美しいと考えるモダニストで、抒情や感傷を嫌った。学校で号令を受けると、反射的に逆行動を取る反抗的な一面も持つ。海と望郷の詩人。難解な作品が多い。

編著者紹介

西原　大輔（にしはら・だいすけ）

1967年東京生まれ。筑波大学、東京大学大学院に学ぶ。シンガポール国立大学、駿河台大学、広島大学を経て、現在、東京外国語大学教授。
著書に『一冊で読む 日本の近代詩500』（編著、笠間書院、2023年）ほか、詩集『本詩取り』（七月堂、2018年）など多数。

日本名詩選 1（明治・大正篇）

2015年 6 月25日　初版第 1 刷発行
2024年 4 月25日　　　第 5 刷発行

著　者　西　原　大　輔

装　幀　笠間書院装幀室
発行者　池　田　圭　子
発行所　有限会社 **笠間書院**
東京都千代田区神田猿楽町2-2-3［〒101-0064］
電話　03-3295-1331　FAX 03-3294-0996
NDC 分類 911.08

ISBN978-4-305-70748-2　組版：キャップス　印刷／製本：大日本印刷

日本名詩選1（明治・大正篇）

山村暮鳥　風景『聖三稜玻璃』
萩原朔太郎　竹『月に吠える』
萩原朔太郎　蛙の死『月に吠える』
萩原朔太郎　猫『月に吠える』
萩原朔太郎　田舎を恐る『月に吠える』

1918年

千家元麿　雁『自分は見た』
室生犀星　小景異情『抒情小曲集』
室生犀星　寂しき春『抒情小曲集』

1919年

堀口大学　夕ぐれの時はよい時『月光とピエロ』
西條八十　かなりや『砂金』

1921年

佐藤春夫　水辺月夜の歌『殉情詩集』
佐藤春夫　海辺の恋『殉情詩集』
佐藤春夫　少年の日『殉情詩集』

1923年

佐藤春夫　秋刀魚の歌『我が一九二二年』
佐藤春夫訳　つみ草『我が一九二二年』
高橋新吉　49［皿］『ダダイスト新吉の詩』
北原白秋　落葉松『水墨集』
北原白秋　露『水墨集』
知里幸恵訳　梟の神の自ら歌つた謡『アイヌ神謡集』

1924年

宮沢賢治　序『春と修羅』
宮沢賢治　永訣の朝『春と修羅』
鈴木信太郎訳　都に雨の降るごとく『近代仏蘭西象徴詩抄』

1925年

山村暮鳥　春の河『雲』
山村暮鳥　おなじく［雲］『雲』
北川冬彦　瞰下景『三半規管喪失』
八木重吉　草に　すわる『秋の瞳』
萩原朔太郎　こころ『純情小曲集』
萩原朔太郎　旅上『純情小曲集』
萩原朔太郎　利根川のほとり『純情小曲集』
萩原朔太郎　小出新道『純情小曲集』
堀口大学訳　ミラボオ橋『月下の一群』
堀口大学訳　地平線『月下の一群』
堀口大学訳　シヤボン玉『月下の一群』
堀口大学訳　耳『月下の一群』

1926年

佐藤春夫　海の若者『佐藤春夫詩集』
北川冬彦　椿『検温器と花』
北川冬彦　平原『検温器と花』
北川冬彦　ラツシユ・アワア『検温器と花』
吉田一穂　母『海の聖母』

詩人紹介

日本名詩選2（昭和戦前篇）

伊東静雄　わがひとに与ふる哀歌『わがひとに与ふる哀歌』

1936年

井伏鱒二訳　田家春望『肩車』
井伏鱒二訳　秋夜寄丘二十二員外『肩車』
井伏鱒二訳　勧酒『肩車』

1937年

井伏鱒二　つくだ煮の小魚『厄除け詩集』
井伏鱒二　逸題『厄除け詩集』
立原道造　はじめてのものに『萱草に寄す』
立原道造　のちのおもひに『萱草に寄す』

1938年

中原中也　湖上『在りし日の歌』
中原中也　骨『在りし日の歌』
中原中也　北の海『在りし日の歌』
中原中也　頑是ない歌『在りし日の歌』
中原中也　一つのメルヘン『在りし日の歌』
中原中也　月夜の浜辺『在りし日の歌』
中原中也　また来ん春……『在りし日の歌』
中原中也　冬の長門峡『在りし日の歌』
中原中也　正午『在りし日の歌』

1939年

三好達治　大阿蘇『春の岬』
村野四郎　鉄棒『体操詩集』
村野四郎　飛込『体操詩集』

1940年

金素雲訳　カフエー・フランス『乳色の雲』
金素雲訳　ふるさとを恋ひて何せむ『乳色の雲』
金素雲訳　青葡萄『乳色の雲』
金素雲訳　猫『乳色の雲』
永瀬清子　諸国の天女『諸国の天女』
山之口貘　畳『山之口貘詩集』
山之口貘　結婚『山之口貘詩集』

1941年

丸山薫　学校遠望『物象詩集』
立原道造　夢みたものは……『立原道造全集』
高村光太郎　千鳥と遊ぶ智恵子『智恵子抄』
高村光太郎　山麓の二人『智恵子抄』
高村光太郎　レモン哀歌『智恵子抄』
高村光太郎　荒涼たる帰宅『智恵子抄』
岡本潤　夜の機関車『夜の機関車』

1943年

草野心平　富士山　作品第肆『富士山』
金素雲訳　石ころ『朝鮮詩集 前期』

1944年

金素雲訳　希望『朝鮮詩集 中期』
三好達治　かへる日もなき『花筐』

詩人紹介

日本名詩選3（昭和戦後篇）

高田敏子　橋『月曜日の詩集』
関根弘　この部屋を出てゆく『約束したひと』
石原吉郎　位置『サンチョ・パンサの帰郷』

1964-1967年

黒田三郎　紙風船『もっと高く』
高見順　青春の健在『死の淵より』
吉本隆明　佃渡しで『模写と鏡』
山之口貘　処女詩集『鮪に鰯』
三木卓　系図『東京午前三時』
高田敏子　布良海岸『藤』

1968年

谷川俊太郎　朝のリレー『谷川俊太郎詩集』
新川和江　わたしを束ねないで『比喩でなく』
新川和江　ふゆのさくら『比喩でなく』
石垣りん　シジミ『表札など』
石垣りん　表札『表札など』
石垣りん　くらし『表札など』
石垣りん　幻の花『表札など』
石垣りん　崖『表札など』

1969-1974年

菅原克己　マクシム『遠くと近くで』
吉増剛造　燃える『黄金詩篇』
大木実　前へ『冬の仕度』
谷川俊太郎　生きる『うつむく青年』
谷川俊太郎　かっぱ『ことばあそびうた』
谷川俊太郎　いるか『ことばあそびうた』
吉野弘　虹の足『虹の足』
新川和江　歌『土へのオード13』

1975-1977年

荒川洋治　見附のみどりに『水駅』
谷川俊太郎　芝生
『夜中に台所でぼくはきみに話しかけたかった』
高田敏子　小さな靴『むらさきの花』
吉野弘　生命は『北入曽』
茨木のり子　自分の感受性くらい
『自分の感受性くらい』
吉野弘　祝婚歌『風が吹くと』

1979-1987年

石垣りん　空をかついで『略歴』
井坂洋子　朝礼『朝礼』
中桐雅夫　会社の人事『会社の人事』
崔華國　洛東江『驢馬の鼻唄』
入沢康夫　未確認飛行物体『春の散歩』
石垣りん　洗剤のある風景『やさしい言葉』
永瀬清子　あけがたにくる人よ
『あけがたにくる人よ』

詩人紹介
あとがき